불과 나의 자서전

김혜진

불과 나의 자서전

김혜진

소설

PIN

024

차례

PIN

024

불과 나의 자서전

김혜진

*

　지난달 남일동 제일약국 건물이 철거되었습니다.

　약국이 있던 1층만 보면 세월의 흔적을 느끼기 어려웠지만 고개를 들면 붉은 벽돌이 떨어져 나간 흔적과 금이 가고 깨진 자리가 선명히 보이는 3층짜리 조그마한 건물이었습니다. 남일동 초입에 있는 탓에 재개발, 재건축 논의가 불거질 때마다 가장 먼저 철거 대상에 오르고 사람들의 관심을 끌었지만 매번 일이 흐지부지되면서 남일동을 대표하는 구닥다리 건물이 된 지 오래였습니다.

나는 아침 아홉 시가 되기 전 그곳에 도착했습니다.

오전 중에 철거 작업을 시작한다는 예고가 있었고 주변 도로의 차량 통행은 이미 중단된 상태였습니다. 근처에 도서관이 위치한 탓인지 내가 도착했을 땐 널찍하게 가림막을 치는 작업이 한창이었습니다. 가림막이 너무 높게 쳐지면 건물을 볼 수 없을지도 모른다는 생각에 나는 조금씩 더 현장 쪽으로 다가서게 됐습니다.

여기 계시면 안 됩니다. 물러나세요.

작업복과 안전모를 쓴 사람들이 다가와 경고하면 고개를 끄덕이며 물러서는 척했지만 그 사람들이 가고 나면 다시금 원래 서 있던 자리로 되돌아왔습니다.

창과 문이 다 뜯겨져 나간 건물은 구멍이 난 것처럼 보였습니다. 바람이 심한 날이어서 언뜻 보면 직사각형 건물이 아니고 납작한 천 조각이 이리저리 나부끼는 듯했습니다. 바람이 건물을 관통할 때마다 휘파람 소리 같은 것이 들렸다가 말다가 했습니다.

금방 끝납니다. 워낙 오래된 건물이라서 모서리 한쪽만 부수면 금방 주저앉아요.

오가는 사람들을 불러 세우고, 포클레인 기사에게 지시를 내리고, 전화를 받고, 현장 안을 들락거리던 남자는 무슨 일인가 하고 주변을 기웃거리는 사람들을 향해 그렇게 말했습니다. 그러곤 보란 듯이 포클레인 기사를 향해 손짓했습니다.

내가 서 있는 곳에서 건물의 1층 내부가 바로 들여다보였습니다. 텅 빈 창고 같은 그곳에 여전히 눈에 익은 물건들이 남아 있었습니다. 접수대 상판과 자그마한 선반, 유리병을 수거하던 플라스틱 상자와 흙 묻은 화분, 세 명이 앉으면 몹시 비좁았던 의자 같은 것들이 보일 때마다 그곳을 지키던 중년 약사의 모습이 떠올랐고 다시금 주해와 수아에 대한 기억이 되살아났습니다.

안타까움과 미안함, 후회와 죄책감 따위의 감정을 느낀 것은 아닙니다. 오히려 감정이라 할 만한 것들이 아무것도 느껴지지 않아서 이상할 지경이었습니다.

마침내 이곳이 사라지는구나.

오히려 그곳에 서 있는 동안 내가 느낀 건 그런 실감이었고, 오늘 정말 그 일이 일어날까 하는 의심이었습니다.

삑삑, 소리를 내며 포클레인 한 대가 건물 쪽으로 다가갔습니다. 호스를 쥔 두 사람이 멀찌감치 서서 물을 뿌리기 시작했습니다. 건물을 때린 물줄기가 사방으로 튀고, 물이 닿은 건물 외벽의 색이 점점 짙어졌습니다. 가만히 보고 있으면 굵은 물줄기와 뒤섞여 건물의 형체가 휘어지고 구부러지면서 흘러내리는 듯했습니다.

죽자 사자 하고 달려들 땐 되지도 않더니만 이번엔 될라나 모르겠네.

이제 좀 살 만하다 싶었는데 뭔 일이래요. 버스도 다니고 저 앞에 젊은 사람들이 가게도 하나 냈잖아요. 이냥저냥 지내겠다 싶더니만.

그런 말 말아요. 언제 해도 해야 하는 일인데 지금이라도 시작하니 얼마나 다행이요. 진작 했으면 벌써 여기도 싹 바뀌고도 남았지.

나는 건물 쪽으로 접근하는 포클레인에서 눈을 떼지 못한 채 곁에 선 사람들의 이야기를 들었습니다. 남일동에 사는 사람들인지, 떠난 사람들인지, 투자니 투기니 하는 소리에 이끌려 온 외지 사람들인지 궁금한 마음이 없진 않았지만 잠자코 입을 다물고 있었습니다.

건물과 적당한 거리를 두고 멈춰 선 포클레인이 천천히 집게발을 치켜들었습니다. 집게가 건물의 뒤쪽 모서리를 툭툭 건드리기 시작했습니다. 그때마다 건물 외벽에서 시멘트 조각들이 부서져 내렸습니다. 포클레인은 이리저리 움직이며 다시 자리를 잡았습니다. 그런 후엔 집게발을 들어 본격적으로 모서리를 때리기 시작했습니다. 한쪽 벽에 커다란 구멍이 나고 크고 작은 철근들이 계속 뜯겨져 나왔습니다.

그걸 보는 내 마음의 한 부분이 싸해졌습니다. 사정없이 건물을 흔들어대는 포클레인과 뼈대만 남은 몰골로 끝까지 버티려고 하는 건물의 힘겨루기를 눈으로 보는 그 순간에서야 이 모든 일이 실감이 났던 것입니다. 놀이기구를 타고 높이 올라갔다가 순식간에 하강할 때처럼 가슴속에 선득한 바람이 거듭 쏟아져 들어오고 또 들어왔습니다.

잠시 후 어디선가 한 남자가 나타났고, 가림막을 뚫고 현장으로 진입하려는 그 남자 탓에 작업이 잠시 중단되었습니다. 현장 책임자로 보이는 사람이 뛰어왔고 작업자들이 막무가내인 남자를 만류하는 모습이 보이다가 말다가 했습니다. 소란이 금방 끝나겠지 생각했지만 점심시간이 지나고서도 작업은 재개되지 않았습니다.

작업은 오후 두 시가 지나서야 다시 시작되었습니다. 그사이 현장을 지켜보는 사람은 줄어서 얼마 남아 있지 않았습니다. 몇 번이고 그냥 가려고 했지만 현장 근처를 서성거리며 제자리로 돌아오던 나 역시 그중 한 명이었습니다.

거기, 위험해요! 물러나세요, 물러나요! 사고 나면 책임 못 집니다. 거기, 더 물러나세요!

작업자 몇 사람이 경고했고 멀리 포클레인이 다시금 집게발을 치켜드는 게 보였습니다. 그리고 한참 만에 껍질이 벗겨지듯 건물의 외벽이 기다랗게 부서져 내렸습니다. 그게 신호였습니다. 마침내 3층짜리 건물 전체가 뒤쪽으로 넘어지듯 무너진 것입니다. 발아래를 뒤흔드는 굉음이 아니었다면 시멘트와 벽돌, 철근으로 쌓아올린 건물이 아니라 비스킷으로 만든 장난감이라고 착각할 정도로 순식간에 벌어진 일이었습니다.

허물어진 건물의 잔해 사이로 자욱하게 먼지가 피어오르고 솟구치는 먼지구름 너머로 남일동의 모습이 눈에 들어왔습니다.

지금껏 단 한 번도 마주한 적 없는 남일동의 풍경이 눈앞에 나타난 것입니다.

*

나는 남일동에서 태어났습니다.

우체국 옆 2층 주택.

대문을 열고 나오면 2차선 도로가 바로 보이는 집이었습니다. 우리 부모는 그 주택 2층에 세 들어 살던 신혼부부였습니다. 내가 태어나고 몇 년 뒤 우리 가족은 조금 더 안쪽으로 이사했습니다.

달산이 바로 올려다보이는 남일동의 가장 구석진 곳이었습니다.

네가 좀 예민했어야지. 차 소리가 잠깐이라도 나면 깨서 밤새도록 잠을 안 자는데 어쩔 수 있니. 조용한 데로 이사하는 수밖에 없지.

어머니는 그렇게 말했지만 우리 집 사정이 넉넉하지 않았다는 것은 어렸던 나도 모르지 않았습니다. 내가 걷게 되고, 말하게 되고, 더는 차 소리나 오토바이 소리에 깨어 울지 않을 정도로 자란 후에도, 우리 가족은 오래 그곳에 살았습니다.

오르막이 시작되는 큰길 양옆으로 식당과 가게들이 오밀조밀 모여 있고, 아침이면 그 식당과 가게 안쪽 골목에서 책가방을 멘 아이들이 우르르 몰려나왔습니다. 체구와 덩치가 고만고만한 또래들 틈에서 신나게 실내화 주머니를 흔들며 학교로 가는 아이들 중엔 나도 있었습니다.

제대로 아침을 챙겨 먹고 나오는 아이는 드물어서 아이들은 경사로를 내려가며 누군가 가져온 마른 빵 조각이나 남은 과자를 나눠 먹곤 했습니다. 조그마한 손 하나가 과자 봉지를 뜯을라치면 이미 꼬물거리는 수많은 다른 손들이 주변에 모여들어 애가 타는 식이었지요.

개들은 아침을 안 먹었잖니. 친구들한테 다 나눠주면 배고프지 않을까?

어느 날 아침 과자 봉지를 흔드는 아이 앞에 공손히 두 손을 모으고 서 있는 나를 본 어머니는 그렇게 타일렀습니다. 그러나 며칠 뒤 다시 비슷한 장면을 목격하곤 나를 방 한가운데 조용히 앉게 했습니다.

홍아, 재들은 가겟집 애들이야. 재호네 부모님도, 영미네 부모님도 늦게까지 가게 보느라 아침을 챙기기가 힘들잖아. 넌 엄마가 아침 챙겨주잖니. 뭘 더 먹고 싶으면 엄마가 간식을 싸줄게. 알았지?

어머니가 엄한 얼굴로 말했기 때문에 나는 고개를 끄덕였습니다. 두 번 다시 등굣길에 누군가가 나눠주는 빵이나 과자를 얻어먹지 않겠다고 거듭 약속하면서도 어머니가 왜 그렇게 나를 다그치는지 헤아리긴 어려웠습니다. 다만 어머니에게 내가 알지 못하는 속상한 일이 있을 거라고 막

연하게 짐작만 했을 뿐입니다.

그 무렵 내 아버지는 조달청에서 일했습니다. 그렇게 하라고 시킨 사람이 없는데도 누군가 아버지의 직업을 물으면 나는 공무원이라고 답했습니다. 그렇게 하는 어머니를 보고 배운 것이었습니다. 시간이 훨씬 지난 후에 알게 된 것이지만 아버지는 조달청이 아니라 조달청 하청 업체에 소속된 사람이었습니다. 그 시절 아버지의 월급이 터무니없을 정도로 적었다는 것은 나중에 알게 되었습니다.

한 달에 한 번, 아버지가 양념통닭이나 찐만두 같은 것을 사 오는 저녁이면 오늘이 아버지 월급날이구나, 생각했지만 신나는 저녁 식사 시간이 지나면 열린 방문 틈으로 두 분의 가라앉은 목소리가 들려오곤 했습니다.

당신도 알잖아. 이렇게 모아서는 어림도 없어. 이래서 언제 이사를 가겠어. 10년이 걸릴지, 20년이 걸릴지 알 수가 없다고. 홍이 중학교 들어가기 전에는 이사를 가야 할 거 아니야.

어머니가 말하면,

방법이 있겠지. 언제까지 이렇게 살라는 법이 있나. 무슨 수가 생기겠지. 조금만 더 기다려봐.

약간은 상기된 듯한 아버지의 목소리가 뒤따라 나왔습니다.

안 되겠어. 나도 어디 가서 허드렛일이라도 찾아봐야지. 언제까지 당신만 보고 있어. 정말 속이 상해 죽겠어.

어머니가 으름장을 놓듯 언성을 높일 때도 있었지만 내가 중학교에 입학할 때까지 어머니가 정식으로 직장에 다닌 적은 없습니다. 이따금씩 이른 아침에 이불 속으로 손을 쑥 넣고 잠에서 덜 깬 내 등을 쓸어내리며 오늘은 잠깐 일을 다녀오겠다고, 오후 다섯 시까지는 틀림없이 돌아오겠다고, 집에 돌아오면 마련해놓은 음식들을 챙겨먹고, 숙제부터 하고, 늦게까지 밖에서 놀지 말라고, 몇 번이고 당부했고, 돌아오겠다고 약속한 시각이 되면 어김없이 대문이 열리고 내 이름을 부르는 어머니의 목소리를 들을 수 있었습니다.

한번은 골목에서 노을이 깔리는 줄도 모르고 아이들과 어울렸던 적이 있습니다.

비탈진 큰길 한쪽에 몽당한 분필로 대충 선을 그어놓고, 공이 날아올 때마다 다른 아이들과 함께 와아, 와아, 하며 이 칸, 저 칸으로 도망 다니는데 정신이 팔려 있었습니다. 좀처럼 속도를 줄이지 않는 차들이 신경질적으로 경적을 울리면 재빠르게 길 끝으로 흩어졌다가 또 순식간에 길 한가운데를 차지하던 그 시절 남일동 아이들은 천진하고 순수한 모습으로, 또 얼마간 위태롭고 안쓰러운 모습으로 떠오릅니다.

홍아, 최홍이!

어머니가 나를 부르고 있다는 건 한참 만에 알았습니다.

날아오는 공을 피하고, 다시 공을 잡는 데에 몰두해 있던 나는 곁에 선 애가 내 옷깃을 잡아당기고 나서야 멀찌감치 서 있는 어머니의 모습을 알아보았습니다. 어머니는 양손 가득 뭔가를 든 채로 이쪽을 바라보고 있었습니다. 짙은 노을 탓에 어머니의 표정은 보이지 않았습니다. 그럼에도 어머니가 화가 났다는 것만은 분명히 알아차릴 수 있었습니다.

지금 시간이 몇 신데 아직까지 놀고 있어. 그만 들어가자.

어머니는 빠른 걸음으로 놀이 중인 선 안으로 들어왔고 내 손목을 잡았습니다. 그 바람에 다른 손에 쥐고 있던 공이 바닥으로 떨어졌습니다. 나는 반사적으로 그 공을 주우려고 몸을 숙였습니다. 어쨌든 우리 팀이 던질 차례니까 내가 가고 나서도 우리 팀 누군가가 그 공을 던졌으면 했던 것입니다.

얼른 일어나지 못해. 저녁이 다 됐는데 누가 밖에서 놀고 있으랬어. 왜 집도 절도 없는 애처럼 굴고 있어. 엄마가 말했지. 해 지기 전에 집에 들어가라고.

어머니의 언성이 조금 더 높아졌습니다. 어쩐지 서운하고 야속한 마음이 들어서 나는 어머니의 손을 뿌리쳤습니다.

싫어. 안 갈래.

그리고 어찌할 바를 모르고 나와 어머니의 얼굴을 지켜보고 있는 아이들에게 보란 듯 그렇게 소리쳤습니다.

얼른 일어나. 당장 안 일어나.

어머니가 경고하는데도 나는 꼼짝 않고 주저앉아 있었습니다. 고개를 들면 무섭게 변한 어머니의 두 눈이 나를 내려다보고 있었습니다. 결국 얼마 못 가 나는 겁에 질린 채 이렇게 울먹였습니다.

다른 애들은 다 놀잖아. 다 여기 있잖아. 나도 더 놀고 싶어. 집에 가기 싫어.

어머니는 작정한 듯 양손에 나눠 든 봉지들을 한 손에 몰아 쥐고는 나머지 한 손으로 내 뒷덜미를 잡아 일으켜 세웠습니다.

당장 일어나지 못해. 네가 가겟집 애도 아니고, 보살피는 부모가 없는 것도 아닌데 왜 길바닥에서 놀고 있어. 엄마가 그러지 말랬지. 그러지 말랬잖아.

어머니의 완력에 집으로 끌려가면서 나는 자꾸만 뒤를 돌아보았습니다. 도대체 무슨 일인가, 하는 표정으로 나와 어머니를 번갈아 보던 친구들의 얼굴은 내 어머니의 말 속에 숨은 뜻을 다 알아차리기에는 너무나 순진하고 어리숙해 보였습니다. 그러나 한편으론 나와 마찬가지로 뭔가를 짐작한 표정이었습니다. 그게 정확히 무엇인지는 모르지만 자신들이 뭔가 모욕적인 일을 당했다는 것만은 어렴풋이 아는 눈치였습니다.

홍아, 너는 이 동네 애들과 달라. 가게 하는 부모들이야 가게 문 닫을 때까지 애들을 길에서 놀게 내버려둔다지만 너는 그렇지 않잖아. 학교 갔다 와서 애들이랑 노는 건 좋아. 그래도 다섯 시 전에는 집에 와서 씻고 숙제도 하고 일기도 쓰자. 약속할 수 있어? 엄마랑 약속해.

그날 밤 어머니가 살며시 내 곁에 누워 달래듯 그렇게 소곤거렸을 때 나는 그러겠다고 대답했습니다. 왜인지 동네 아이들과 늦게까지 어울리는 나를 볼 때마다, 나를 다그치지 않고는 견딜 수 없는 어머니의 마음 안을 조금 엿본 기분이 들었기 때문입니다.

그것은 나에 대한 걱정이나 사랑처럼 느껴졌고, 동네 친구들에 대한(혹은 그 부모들에 대한) 불만처럼 느껴졌고, 내가 이 동네 아이들과 비슷하게 자라게 될지도 모른다는 불안처럼 느껴지기도 했는데, 그런 것보다 더 크게 느껴진 건 어머니를 둘러싸고 있는 슬픔의 기운이었습니다. 부모의 감정이란 언제나 더 부풀려지고 또렷해져서 아이들에게 가닿는 법이니까요.

내가 유년 시절을 보냈던 그 남일동이 그 시절 어머니에게 두려움이었다는 것을 나는 그로부터 시간이 훨씬 더 오래 지난 뒤에 깨달았습니다. 아니, 어머니가 되어 그 시절을 다시 살지 않는 이상, 어머니가 겪어야 했던 감정들을 다 알 수 없는 일이겠지요. 그러나 그때에도 나는 분명히 알고 있었던 것 같습니다.

그곳에서 어린 나를 키우는 것이 어머니에게는 내내 아슬아슬하고 조마조마한 일이었다는 것을 말입니다.

*

주해는 재개발 광풍이 몇 차례 남일동을 휩쓸고 지나간 뒤 이곳에 들어왔습니다.

하자, 말자. 된다, 안 된다. 찬성한다, 반대한다.

의견이 다른 사람들이 편을 갈라 다투는 동안 기대감은 사그라들고, 그 일을 반드시 실현하겠노라 장담하던 사람들도 자취를 감추고, 이웃에 대한 불신과 원망, 그럼에도 이곳을 떠나지 못하는 처지에 대한 미움과 연민 같은, 끈질기게 살아남은 것들이 남일동에 남은 활기나 생기 같은 것들을 조금씩 갉아먹고 있을 때였습니다.

남일도는 이제 답이 없다. 시행사든 건설사든 누가 들어갈 엄두를 내겠어. 다 끝난 일이야. 복을 제 발로 차버린 거나 다름없지.

재개발 계획이 무산되고 또 무산되고 거듭 무산될 때마다 아버지는 혼잣말처럼 중얼거렸습니다. 누가, 언제부터 그렇게 불렀는지 모르지만 아버지도 다른 사람들처럼 남일동을 남일도라고 부르고 있었습니다. 섬처럼 고립되어 있는 곳이라는 뜻이었지요.

우리 가족은 내가 중학교 3학년 때 남일동을 벗어났습니다.

그해 봄 남일동이 반으로 쪼개지고 우리가 살던 곳이 중앙동으로 편입되었기 때문입니다. 그때부터 아버지는 우리가 남일동에 살았던 시절을 완전히 잊은 사람 같았습니다. 처음부터 중앙동 사람으로, 중앙동에서만 살아온 것처럼 행동했습니다.

우리가 남일동을 벗어난 그해 여름엔 달산 일부가 무너져 산 아래 집들을 덮치는 사고가 있었습니다. 나는 그 소식을 담임에게 전해 들었습니다.

근환이, 근환이 어딨어? 오근환!

점심시간이 끝나고 한문 선생이 들어와 막 판서를 시작하려고 할 때였습니다. 앞문을 열고 들어온 담임은 한문 선생에게 짧게 눈짓을 한 뒤 창가 옆 맨 앞줄에 앉은 오근환을 찾았습니다. 무슨 일인가 하는 표정으로 자리에서 우물쭈물 일어나던 그 애의 몸은 잔뜩 경직되어 있었습니다.

가방 챙겨라. 얼른 집에 가봐야 할 것 같구나. 우산 있니?

그 애는 얼빠진 얼굴로 멍하니 서 있기만 했습니다. 담임이 다가와 책상 위에 놓인 책과 필통 같은 것들을 챙기고 나서야 그 애는 정신을 차린 듯 책가방을 메고 교실을 나섰습니다. 한참 후에 보니 창 너머로 키가 작은 우산 하나가 운동장을 가로질러 교문 쪽으로 걸어가는 모습이 보였습니다. 세찬 빗줄기 탓에 우산 위로 튕겨 나가는 빗방울들이 반짝거리며 그 애를 둘러싸고 있었습니다.

그 애는 우리 반에서 유일하게 남일동에 살던 아이였습니다. 몇 개월 전만 해도 남일동에 사는 아이들(나를 포함해서)이 꽤 있었지만 남일동이 분리되고, 분리된 구역이 중앙동으로 편입되면서, 자연스럽게 남일동을 벗어나게 된 탓이었습니다.

그 애가 달산 바로 아래 동네에 살았다는 건 나중에 알았습니다.

달산에서 쏟아진 흙더미가 산 아래 가옥들을 덮치고, (다행히 죽은 사람은 없었지만) 수십 명이 길바닥으로 나앉게 되었다는 소식을 전하며 담임은 근환이가 며칠간 학교에 나오지 못할 것이라 말했습니다. 이후 학교에선 달산 재해민들을 위한 모금을 벌이기도 했습니다. 당시로서는 꽤 큰 금액을 어머니가 선뜻 내주었기 때문에 나도 거기에 동참했던 기억이 납니다.

장마가 끝난 뒤엔 불볕더위가 이어졌고 나를 포함한 사람들은 달산의 비극을 금방 잊었습니다. 근환이가 다시 학교에 나왔기 때문에 그곳의 일은 해결이 되었구나, 짐작했을 뿐입니다. 달산을 산책하던 외지 사람들이 재해민들의 텐트와 천막에 불만을 제기했다는 건 그로부터 한참 더 시간이 흐른 뒤에 알았습니다.

근환이는 겨울방학이 오기 전에 전학을 갔고, 달산 아래 임시로 쳐놓은 텐트니 천막이니 하는 것들도 말끔히 철거되었습니다. 그 애와는 사적인 대화를 나눌 정도로 가깝지 않았기 때문에 다른 아이들처럼 짐을 챙겨 나가는 그 애를 멀뚱히 지켜보았던 것 같습니다. 중앙동까지 나붙었던 현수막도 그 무렵엔 모두 사라졌던 것으로 기억합니다. 공시한 날짜까지 불법 설치물을 철거하지 않을 시에는 벌금을 부과할 거라는 경고문이었습니다.

그만큼 도와줬으면 스스로 해결하려고 해야지.

언제까지고 다른 사람 도움만 바라면 된다니. 적어도 다른 사람들한테 피해는 주질 말아야지. 산 아래를 그렇게 해놓으면 사람들은 어떻게 다니라는 거야. 안 그러니?

공무원들이 달산 아래 임시 거주지를 강제 철거한 일에 대해 어머니가 이상할 정도로 냉랭하게 말했기 때문에 나도 더는 말하지 못했습니다. 다만 그 일이 있고 나서는 조금 더 분명하게 알게 되었던 것 같습니다. 어쨌든 남일동으로부터 멀리, 더 멀리, 어떻게든 가능한 한 더 멀리 있으려고 하는 사람들의 마음을 말입니다.

우리는 남일동에서 살았다고 할 수도 없다. 어쩔 수 없이 몇 년 그 동네에 있었던 거지. 어디 가서 그런 말은 꺼내지도 마라.

몇 달 전 식탁에서 무심코 남일동 어린 시절 이야기를 꺼냈을 때 아버지는 말했습니다. 그런 뒤엔 숟가락을 소리 나게 내려놓고 내 눈을 똑바로 바라보면서 한마디 더 했습니다. 일생을 통틀어 자신이 가장 잘한 일이 있다면 은행 빚을 내는 부담을 감수하고 경매에 뛰어들고, 무리하게 집을 사고팔며, 달산이 올려다보이는 그 동네를 악착같이 떠나온 것이라고 말입니다.

사람은 평생 한 번쯤 그런 각오로 감행하는 일이 있어야 하고, 아니다 싶으면 과감하게 포기하고 돌아설 줄도 알아야 한다는 말까지 한 뒤에야 아버지는 다시 숟가락을 집어 들고 밥을 떠서 입안 가득 밀어 넣었습니다.

그것이 서른이 넘도록 제대로 자리 잡지 못하고, 아무 계획도 없이 하루하루를 소진하는 나를 야단치는 말이라는 걸 모르지는 않았습니다. 그런 식으로 자신이 여전히 나를 기다려주고 있고, 참아내고 있다는 호소라는 것도 알고 있었습니다. 지금이라도 무엇이든 해보라는 다그침이라는 것도 모를 수 없었습니다.

그 이후로 더는 아버지 앞에서 남일동에 대한 이야기를 꺼내지 않게 되었습니다.

*

주해를 만난 그날도 나는 오전에 집을 나와 남

일동 제일약국으로 갔습니다.

50대 중반의 남자 약사가 직접 제조하는 알레르기 약이 꽤 효험이 있는 편이었고, 오가는 사람이 드문 데다 아는 사람이 없어서 내가 유일하게 편안함을 느끼는 곳이었습니다.

알레르기는 약 먹는다고 고쳐지는 병이 아닙니다. 마음을 편하게 먹어야 나아요.

내가 약국 안으로 들어서자 약사는 기다리고 있었다는 듯 그렇게 이르고는 몇 가지 약을 챙겨주었습니다.

저, 화장실 좀 쓸 수 있을까요?

여느 때처럼 천연 성분으로 지었다는 약 한 봉지를 먹고 비타민 드링크제를 반쯤 마신 뒤, 면역에 도움이 된다는 허브차 한 잔을 마시고 있을 때 누군가 약국 출입문을 열고 물었습니다. 찬 바람이 곧장 얼굴을 덮쳐왔으므로 나는 반사적으로 몸을 움츠리며 눈을 감았습니다. 약사가 대답하겠거니 기다렸지만 조제실 너머에서는 아무런 답이 없었습니다.

애가 너무 급하다고 해서요.

문을 연 사람은 여자였고, 여자의 숙인 몸 아래로 자그마한 아이의 얼굴이 보였다가 말다가 했습니다. 그게 주해와의 첫 만남이었습니다.

화장실 쓰게 해줄 수 있어요?

웃는 얼굴로 인사하는 아이와 눈이 마주치는 바람에 마스크와 칫솔, 소독약이 빼곡히 쌓인 선반에서 화장실 열쇠를 꺼내 주었습니다. 주해가 다시 약국으로 들어왔을 땐 자리를 비웠던 약사가 돌아와 있었습니다.

불쑥 찾아와서 화장실부터 썼네요. 아, 저희 오늘 이사 왔어요. 집 보러 왔을 땐 오르막이 이렇게 심한 줄 몰랐는데 트럭이 올라갈 수 있을지 모르겠네요.

주해는 유리창 너머로 보이는 트럭 두 대를 가리키며 말했습니다.

오늘 이사해요? 어제 비가 와서 길이 미끄러울 텐데.

출입문 쪽으로 다가온 약사가 하얗게 김이 서린 유리창을 닦아내며 답했습니다.

네, 길이 좀 미끄럽더라고요. 뭐 어떻게든 해봐

야죠. 박카스 한 통 주세요. 수아도 비타민 사탕 하나 먹을래?

약사가 박카스 한 상자와 비타민 사탕을 비닐에 담는 동안에도 나는 먼지가 쌓인 선반 아래 약 상자들을 내려다보고 있었습니다. 들고 나는 사람이 거의 없는 동네였고, 언젠가부터는 몇 주씩, 몇 달씩, 공동 숙소처럼 집을 사용하다가 나가는 사람들이 전부여서 왜 이곳에 이사를 온 건지 궁금한 마음이 없진 않았지만 모든 게 귀찮고 번거롭게 여겨졌습니다. 어서 빨리 침입자 같은 이 두 사람이 약국을 나가고, 약국 안이 여느 때처럼 고요해지고, 그래야만 어떤 방해도 받지 않고 잠깐이라도 편안한 기분을 느낄 수 있을 것 같았습니다.

하필 이렇게 추운 날 이사를 하네요.

주해 모녀가 나간 뒤로도 약사는 한참 출입문 앞을 서성거렸습니다. 돌아보니 멀찌감치 서 있던 트럭 두 대가 시동을 걸고 막 출발하려는 듯했습니다.

저 위쪽 어딘가 보네. 저 위쪽에 살 만한 집이

남아 있나 보죠?

남일동에서 10년 넘게 약국을 운영하면서도 정작 남일동에 살아본 적 없는 약사는 의아한 듯 그렇게 물었습니다.

집이야 많죠. 사람이 없어서 그렇지.

이후 약국에서 주해 모녀를 두어 번 더 마주쳤던 기억이 납니다. 어느 날은 주해가 비타민 드링크제를 건넸고, 수아가 캐러멜이나 사탕을 줄 때도 있었습니다.

이모, 어디 아파요?

한번은 수아가 그렇게 물었습니다. 제 엄마가 카운터 앞에서 이런저런 약상자를 살피고 있는 틈을 타서 살그머니 내게 다가온 것이었습니다.

아니. 안 아파.

내가 대답했고,

근데 왜 계속 약국에 와요?

수아가 두 눈을 크게 뜨고 나와 눈을 맞추었습니다.

수아야, 엄마가 말했지. 사람들한테 꼬치꼬치 캐묻는 건 실례야.

주해가 주의를 줄 때만 아이는 잠깐 입을 다물었고, 다시금 몰래 내 팔을 건드리고 소리 없이 입을 오물거리며 자꾸 말을 걸었습니다.

이모, 병원엔 가봤어요? 정말 아플 땐 병원에 가야 돼요.

우리 할머니가 그러는데 약국 약 백날 먹어봐야 속만 버린댔어요.

이모 죽을병은 아니죠?

이모, 이쪽이 더 따뜻해요. 여기 와요.

성가시다는 생각은 들지 않았습니다. 뭐랄까. 수아는 모르는 사람과 어떻게 대화를 시작하고 이어나가는지를 본능적으로 아는 아이 같았습니다. 상냥함이나 다정함 같은 것을 타고난 아이였지요. 그런 건 배워서 가질 수 있는 게 아니라는 건 나도 모르지 않았습니다. 그건 아이가 가장 처음 만나고, 가장 오래 만나온 부모를 통해 자연스레 습득한 것이었을 겁니다.

알레르기야. 이건 병원에서도 못 고친대. 죽을병은 아니니까 걱정 안 해도 돼.

나는 항복하듯 그렇게 털어놓고 말았습니다.

엄마! 이모도 알레르기 있대!

수아가 제 엄마에게 그렇게 소리칠 줄은 몰랐습니다.

어머, 알레르기가 있어요? 언제부터요? 우리 수아도 아토피 때문에 진짜 고생 많았어요. 지금은 나아진 편인데 피부병은 약으로 고쳐지는 게 아니잖아요. 지금은 좀 어때요?

약을 고르고 계산까지 마친 주해가 조심스럽게 내 옆에 자리를 잡고 앉았습니다. 알레르기가 있다는 정도만. 지금은 그리 심각한 상태가 아니라는 것만. 정말 거기까지만 말할 생각이었는데 이야기는 계속 길어져서 40분 넘도록 이어졌습니다.

*

3년 전 겨울, 느닷없이 시작된 두드러기에 대해 누군가에게 말한 건 처음이었습니다.

그날은 크리스마스이브를 하루 앞둔 날이어서 어디나 사람이 많았습니다. 나는 사무실에서 나와 곧장 집으로 가던 길이었습니다.

이곳만 지나면, 저기만 벗어나면, 인파가 줄겠지, 조금은 한적해지겠지, 생각했지만 어디선가 사람들이 계속 나타났습니다. 카페도, 식당도. 지하철역도, 버스 정류장도, 심지어 불 꺼진 빌딩 앞에도 사람들이 무리 지어 서 있었습니다. 불어나는 인파가 어쩐지 불안하고 무서워져서 자꾸만 걸음을 빨리하게 되었습니다.

기다리던 버스는 한참 만에 왔습니다. 사람들 틈에서 겨우 버스에 올랐고, 사람들에게 떠밀려 뒤쪽으로 밀려나면서도 집으로 간다는 안도감이 차올랐습니다. 종일 아무것도 먹지 못한 허기짐이 버스가 출발하고 나서야 비로소 느껴졌습니다.

가려움은 목덜미 부근에서 시작된 것 같습니다.

처음엔 버스 안의 후텁지근하고 갑갑한 공기 탓이라 여겼습니다. 붙어 선 사람들을 피해 두꺼운 외투를 벗으면서도 금방 가라앉겠지 했습니다. 가다 서다를 반복하던 버스가 한참 만에 중심

가를 빠져나왔고, 버스 안이 한산해진 뒤에도 가려움은 잦아들지 않았습니다.

너 왜 그래?

외투도 벗지 않고 내 방 침대에 걸터앉아 정신 나간 사람처럼 목덜미와 턱을 긁고 있던 나를 발견한 건 어머니였습니다. 어머니는 불을 켠 뒤 억지로 내 외투를 벗기고 티셔츠를 잡아당겨 내 목 주변을 요리조리 살펴보았습니다.

가렵니? 어디 보자. 한번 보자니까. 세상에. 두드러기인가? 빨갛게 올라오네.

어머니는 놀란 듯 열린 방문을 닫고 내 티셔츠를 벗겼습니다. 그런 뒤엔 여섯 살짜리 아이를 살펴보듯 내 몸 여기저기를 돌려 보았습니다.

너 뭘 잘못 먹었니? 뭘 먹은 거야? 언제부터 이래? 얘가 왜 이래. 왜 말이 없어. 언제부터냐고 묻잖아. 응?

어머니가 언성을 높이고 나서야 나는 마지못해 입을 열었습니다.

아무것도 안 먹었어.

회사를 다닌 지 1년. 처음 서너 달 정도를 제외

하면 그곳에 있는 사람들과 뭘 먹은 적도 없고, 대화를 하는 것조차 엄두를 내지 못했다는 내 말을 들은 어머니의 표정이 굳어졌습니다. 그럼에도 문제의 발단이 은근히 따돌림을 당하던 한 직원과 어울렸기 때문이라고는 생각하지 못하는 듯했습니다. 하긴 몇몇 직원들이 그 사람과 어울리지 말라는 경고를 할 때에도, 오기가 나서 그 직원을 더 살뜰하게 챙길 때에도, 나 역시 일이 이렇게까지 커질 거라곤 생각하지 못했으니까요.

결국 석 달 만에 그 사람이 회사를 나갔고 그 이후로는 내가 그 사람이 되었습니다.

영문도 모른 채 사람들의 짜증과 미움을 견뎌야 하는 날들이 시작된 거였습니다. 그곳 사람들이 작정한 듯 내 말을 무시하고 시시때때로 나를 투명 인간 취급했다는 이야기를 들은 어머니는 충격을 받은 듯 아무런 말이 없었습니다.

일단 씻어. 씻고 뭘 좀 먹어라. 먹고 나서 병원에 가보자.

어머니는 복잡한 얼굴로 나와 눈을 맞추고는 방을 나갔습니다. 냉장고 문을 열고, 가스레인지를 켜고, 개수대 물을 트는 소리가 들렸습니다. 나는 두 손으로 화끈거리는 목덜미를 감싸 쥔 채 바닥의 한 지점을 응시하고 있었습니다. 폭발하듯 끓어올랐던 감정들이 한순간에 싹 식어버린 느낌이었습니다.

해가 바뀌기 전에 나는 사직서를 쓰고 회사를 나왔습니다.

사무실에서 썼던 소지품을 상자 하나에 담아 귀가하면서 포기했다는 생각을 하지 않으려고 애썼습니다. 무책임하게 회사를 나가버린 그 사람에 대한 원망, 끝까지 싸우지 못했다는 자책, 감당하지 못할 일을 벌였다는 후회. 나를 뒤흔드는 그런 감정 속에서도 내가 한 일이 정말 옳은 일이라는 생각만은 놓지 않으려고 했습니다.

모든 일엔 다 원인이 있는 법이라고. 이유 없이 벌어지는 일은 없다고.

내 부모는 생각했을지도 모릅니다. 한밤에 나란히 누워 매사 옳고 그른 것을 따져가며 사람들을 불편하게 만든 당신들의 자식이 사람들 눈 밖에 나는 건 당연하다는 이야기를 주고받았는지도 모릅니다. 나를 무시하고 따돌리고 골탕 먹인 사람들도 나쁘지만 정말 나쁜 사람은 자식을 제대로 가르치지 못한 자신들이라고 스스로를 탓했을지도 모릅니다.

그럼에도 내가 피부과와 내과, 대학병원을 수없이 들락거리던 지난 3년간 내 부모는 그런 말을 입 밖으로 꺼낸 적이 없습니다. 내가 한두 달씩 먼 지역의 치유센터를 오갈 때에도, 날 괴롭혔던 사람들 모두를 고소하겠다고 으름장을 놓을 때도, 알레르기의 원인을 찾을 수 없다는 의사와 언쟁을 벌일 때에도 나를 내버려두었습니다.

다들 몰라서 가만있는 줄 아니. 어쩔 수 없다고 생각하는 거지. 입바른 말만 하는 사람을 누가 좋다고 해.

어머니가 타이르듯 내게 그런 말을 건넬 때도 있었지만,

내가 뭘 잘못했는데? 잘못된 걸 잘못됐다고 하는 게 뭐가 나쁜 건데?

내가 눈에 불을 켜고 싸움을 시작할 기미를 보이면,

괜히 열 낼 거 없다. 네 엄마도 속이 상해서 하
는 말이지. 그만 들어가라.

아버지가 중재하듯 나를 방 안으로 몰아넣는
식이었습니다.

그러니까 내 부모는 알고 있었던 것 같습니다.

내가 수없이 다짐하고 어렵게 감행했던 일들.
누군가는 해야 하는 일들. 사람들의 미움과 분노
를 불러오는 일들. 그런 일들이라는 게 늘 뭔가를
바꾸기에는 턱없이 부족하다는 것을 말입니다.
시간이 지나면 모두가 항복하듯 두 손을 들고 침
묵하는 편에 서게 되는 이유가 있다고 말입니다.
젊은 날의 결기나 기개 같은 것들은 스러지기 마
련이고 나 역시 예외가 아닐 거라고 말입니다.

그러므로 지금은 당신들이 기다리는 수밖에 없
다고 여긴 건지도 모릅니다.

주해는 차분하게 내 이야기를 들었습니다.

약국을 오가는 사람들에게도, 자꾸만 자신에게
관심을 돌리려는 수아에게도, 다른 어떤 것에도
주의를 빼앗기지 않고 내 말에 귀를 기울이고 있
었습니다. 사람들에 대한 실망감이 극에 달했고,

회사를 나온 뒤로는 누구도 만나지 않고 지낸다
는 이야기까지 한 뒤 나는 잠시 말을 멈췄습니다.
주해의 표정이 점점 심각해졌으므로 나를 이상한
사람이라고 오해할까봐 걱정이 되었던 것입니다.

괜찮아요. 홍이 씨, 힘들면 그만 해도 돼요.

주해가 그렇게 다독여주지 않았다면 아마 더
말하기를 포기했을 겁니다.

다 지난 일이고, 사실 별일도 아닌데. 이러고
있는 게 한심하죠. 그죠?

그리고 내가 중얼거렸을 때 주해가 대답했습니
다.

홍이 씨. 난 그렇게 생각 안 해요. 잘못된 건 잘
못됐다고 말해야죠. 그걸 말했다고 따돌리는 인
간들이 나쁜 거예요.

주해는 내 쪽으로 고개를 숙이고 목소리를 낮
춘 채 한마디 더 했습니다.

정말 그런 인간들은 개새끼들이에요. 미친 새
끼들.

개새끼들. 미친 새끼들.

나는 그 말이 정말 마음에 들었습니다. 왜 누구

도 한 번도 이렇게 말해주지 않은 걸까, 싶을 정
도로 속이 시원해져서 수아가 보고 있다는 사실
도 잊은 채 그 말을 몇 번이고 따라 하게 되었습
니다.

그러니까 그때까지도 내가 주해네 집에 가게
될 거라곤 상상하지 못했던 것입니다.

*

주해는 스물여덟에 수아를 낳았다고 했습니다.

예정에 없던 임신이었고 그래서 임신을 알고
나서도 며칠간은 덜컥 생겨버린 이 아이를 낳아
야 할까, 말아야 할까, 고민했었다는 이야기를 한
적이 있습니다. 마치 남의 이야기를 하는 사람처
럼 그런 이야기를 할 때에도 주해의 표정에는 이
렇다 할 변화가 없었습니다.

그때 그랬다면, 이때 이랬다면.

불가능한 가정을 하고, 과거로 거슬러 가서 모
든 상황을 다시 그려보는 일도 없었습니다. 당시
로서는 최선의 선택을 했고, 선택에는 결과가 따

르기 마련이며, 그 결과에 책임을 다하는 것만이 지금의 상황을 바꿀 수 있다고 믿는 사람 특유의 긍정성과 단순함, 무모하다 싶을 정도의 추진력과 실행력이 주해에겐 있었습니다.

모두 내가 가져본 적이 없는 것들이었습니다.

나는 그것을 처음 주해의 집에 간 날에 알았습니다. 그날은 기온이 영하 10도까지 떨어진 날이었습니다.

시간 괜찮으시면 차 한잔하실래요? 이사 온 지 얼마 안 돼서 아는 사람도 없고 마침 제가 만든 허브차가 있거든요. 좋아하실 거 같아요.

왜 덜컥 주해 모녀를 따라나서게 되었는지 모르겠습니다. 약국을 나와 어린 시절 지치도록 뛰어놀던 비탈길에 접어들 때까지도 그만 돌아설까, 약속이 있다고 말할까, 몸이 아프다고 할까, 망설이는 마음이 없지 않았지만 조금씩 더 가팔라지는 그 골목을 반쯤 올라가고 나서는 그만 포기하는 마음이 되었습니다.

괜찮아요? 보기보다 경사가 심하죠?

수아의 손을 잡고 한 걸음쯤 앞서 가던 주해가

돌아보면,

괜찮아요. 이 정도는.

대답하면서 오히려 걸음을 더 빨리하게 되었습니다.

주해네 집은 달산 바로 아래였습니다. 누군가 쓰레기로 가득 찬 화분들을 골목 입구에 내놓은 탓에 사람 사는 집이 있을까 싶은 골목 가장 안쪽에 주해네 집이 있었습니다. 약간 휘어진 듯한 골목 끝에 다다르자 수아가 익숙한 듯 목에 걸고 있던 열쇠로 대문을 열었습니다.

철제 대문을 열고 들어가자 좁은 마당이 나왔고 ㄱ자 집 안이 바로 보였습니다. 집 안은 밖에서 볼 때와는 달리 아늑하고 말끔했습니다. 그건 집 안의 공간을 효율적으로 나누고, 세련되게 가구를 배치한 주인의 감각 덕분이었습니다.

이모, 딸기가 좋아요, 파인애플이 좋아요?

수아가 파인애플 방석을 가져다주었고, 주해가 거실 한가운데 놓인 전기난로를 켰습니다. 마루 출입문이 나무 미닫이문이어서 외풍이 있는 편이었지만 실내엔 금방 훈기가 돌았습니다. 나는 정갈하게 놓인 살림살이들을 두리번거리며 주해가 내온 허브티를 맛보았습니다.

세로로 길쭉한 거실엔 키 작은 책장 두 개와 테이블이 전부였고, 거실 너머로 보이는 주방도 꼭 필요한 가전제품만이 놓여 있어서 깔끔했습니다. 새로 바른 듯 환한 벽지도, 집 안에 은은하게 배어 있는 모과향도, 천장에 그대로 드러나 있는 서까래의 모양조차도 그 집의 분위기와 잘 어우러졌습니다.

저희는 인일동 쪽에 오래 살았어요. 결혼하기 전부터 계속 거기 살아서 이쪽은 전혀 몰랐는데 지난번에 와보니 달산이 참 예쁘더라고요.

주해는 잔 받침 위에 놓인 찻잔을 만지작거리며 말했습니다. 나는 외국에서 사 온 듯한 그 찻잔을 내려다보며 주해의 이야기를 들었습니다.

이모 인일동 알아요?

내 옆에 딱 붙어 앉아 있던 수아가 그렇게 물을 때에만,

아니, 전 인일동은 몰라요. 중앙동 쪽에 오래 살아서요. 도서관 지나서 길 건너면 거기서부터

는 중앙동이거든요.

엉뚱하게도 주해를 보며 그렇게 대답하곤 했습니다.

주해가 뭘 더 묻는 경우는 없었습니다. 내 대답이 끝나면 금세 자신의 이야기로 돌아갔고, 눈치껏 자연스럽게 화제를 돌릴 줄도 알았습니다. 나는 무심해 보이는 그런 세심한 배려가 마음에 들었습니다.

저녁 먹고 가요.

그래서 어스름이 깔릴 무렵 주해가 그렇게 말했을 땐 마치 기다린 사람처럼 그러겠다고 대답해버렸습니다. 버섯과 감자, 양파를 넣은 카레와 여린 상추로 만든 샐러드, 주해가 직접 담갔다는 마늘장아찌까지. 조그마한 밥상에 둘러앉아 저녁까지 먹고 나니 주해와 수아, 두 사람이 조금 더 가깝게 느껴진 것도 사실입니다.

수아는 잠이 들고, 골목까지 나를 따라 나온 건 주해였습니다.

불빛이라고는 골목 입구 담벼락에 붙은 작은 가로등 하나뿐이어서 걸음을 내디딜 때마다 몸시 주의를 기울여야 했습니다. 주해는 사람들이 길 밖으로 아무렇게나 던져놓은 스티로폼 상자와 음식물쓰레기 봉지를 하나씩 정리하며 앞장섰습니다. 그런 후엔 골목 입구에 서서 발밑을 살피며 걸어오는 나를 기다려주었습니다.

골목이 많이 어둡죠? 밤엔 여기 동네가 다 이렇더라고요. 아무래도 가로등이 더 있어야겠어요.

나는 어둠 속에 잠긴 큰길 아래를 내려다보고 있었습니다. 캄캄한 비탈길을 내려간 뒤 사거리가 나올 때까지 걷고, 거기서 다시 길을 건너 중앙동 아파트 단지가 나올 때까지 걷고, 마침내 도착한 집에서 나를 견디고 있는 듯한 부모님을 마주해야 한다는 생각이 다시금 마음을 짓눌렀습니다.

담에 올 땐 여기 환하게 만들어놓을게요. 또 놀러 와요.

그래서 주해가 그렇게 말했을 땐 기계적으로 고개를 끄덕이고 말았습니다. 이 집에 다시 오게 될 거라는 생각도, 이 골목이 환해질 거라는 생각도 그때는 하지 못했던 것 같습니다.

다만 어둔 비탈길을 걸어 내려오는 동안엔 이제 그 집에서 어린 수아를 키우며 살아가게 될 주해의 일상이 고단하고 힘겹겠구나, 생각했던 것 같습니다. 남일동 끄트머리까지 오게 된 데에는 내가 알지 못하는 사정이 있겠지, 싶었지만 더 알고 싶은 마음은 없었습니다.

*

한 마을에도 일평생이라는 게 있다면 남일동의 시간은 어디쯤일까, 생각한 적이 있습니다.

어떤 삶은 조금씩 나아지고, 또 다른 삶은 내리막길을 걷고. 느닷없이 중단되는 삶이 있고. 어느 날은 흐리고 어두워서 앞이 보이지 않다가 또 어느 순간엔 무서울 정도로 환한 날이 계속되고. 그런 종잡을 수 없는 많은 순간들을 응축해놓은 것이 삶이라면 남일동은 어디쯤을 지나고 있는 것일까 가늠해보는 것입니다.

원인도 이유도 없는 일들, 갑자기 벌어지는 사

건들. 모든 것이 쇠락과 죽음을 향해 간다는 사실에 순응해가는 시간들. 그러므로 사람들이 말하는 것처럼 남일동이 사라져야 마땅하다고 말하려는 건 아닙니다.

왜인지 남일동을 생각하면 애잔하고 안쓰러운 마음을 지울 수가 없습니다. 그곳은 한 번도 제대로 빛난 적이 없다는 생각 탓입니다. 남일동을 생각하면 처음부터 누구의 눈에도 띄지 않는 곳에 처박히듯 방치되었다는 생각을 지울 수가 없습니다.

겨울이 끝나기 전 주해는 집 앞 골목에 가로등 하나를 새로 세웠습니다. 주해가 직접 한 것은 아니고 구청에서 설치한 것이었습니다. 그 가로등 하나를 세우기 위해 주해는 구청을 일곱 번 찾아갔다고 했습니다. 구청 홈페이지에 글을 올리고 민원실에 전화를 건 횟수는 그보다 더 많았을 겁니다.

어때요? 훨씬 환해졌죠?

진짜 가로등이 생겼네요.

가로등이 생긴 뒤부터는 골목을 오가는 게 한

결 편했습니다. 그건 약간 휘어진 듯한 그 골목에
사는 사람 모두가 느낄 수 있는 큰 변화였습니다.

이 집 새댁이 한 거야? 안 그래도 해 지면 어두
워서 나갈 엄두가 안 나더니만. 작년 겨울엔 저
뒷집 영감이 여기서 자빠져서 큰일 날 뻔했지.

골목 사람들이 주해를 알은체하기 시작한 것도
그 무렵입니다.

남편 없이 홀로 수아를 키우는 주해에 대해 이
런저런 말들이 많다는 건 나도 모르지 않았습니
다. 주해라면 뭐든 솔직하게 답할 텐데도 대놓고
뭔가를 묻는 사람은 없었습니다. 멀리 떨어져서
추측과 의혹을 부풀리는 것이 사람들에겐 더 익
숙하고 편한 방식이었을 겁니다.

그리고 이듬해 봄, 마을버스가 들어오고 나서
는 주해를 모르는 사람이 거의 없게 되었습니다.
주해를 모르는 사람도 마을버스 들여온 새댁이
요, 하면 곧장 주해의 얼굴을 떠올리게 된 것입니
다.

홍이 씨, 왜 이 동네는 마을버스가 없어요?

3월 초순 무렵이었던 걸로 기억합니다.

주해와 수아, 나까지 세 사람이 주해네 집으로 가는 비탈길을 오르고 있을 때였습니다. 얼굴이 얼어붙는 듯한 추위는 끝났지만 공기에는 여전히 찬 기운이 남아 있었습니다. 그럼에도 고개를 들면 멀리 달산에 봄이라고 할 만한 푸릇푸릇한 색감이 선명했습니다. 오토바이와 자전거 같은 것들이 지날 때마다 수아를 살피느라 나는 주해의 말을 제대로 듣지 못했습니다.

주해는 다시 물었습니다.

홍이 씨, 마을버스요. 여긴 마을버스가 원래 없어요? 그럴 수가 있나? 저 아래 사거리에 버스 정류장 하나 있는 게 전부잖아요. 요즘 마을버스 없는 동네가 어디 있어요.

그런가. 마을버스가 들어오는 건 한 번도 못 본 것 같은데요.

한 번도요? 한 번도 못 봤어요?

주해가 놀란 듯 되물었습니다. 그러니까 그때까지도 나는 주해가 그 일을 감행할 거라고 생각하지 못했습니다. 집에 온 뒤에도 내내 다른 데 정신이 팔린 사람처럼 골똘하던 주해는 한참 만에 이렇게 말했습니다.

마을버스 운행해달라고 말해야겠네요.

네?

저 아래 사거리까지 마을버스 다니잖아요. 여기까지 들어왔다가 나가면 되죠. 그래 봐야 두세 정거장 정도일 텐데요. 마을버스 다니면 홍이 씨도 좋잖아요. 안 걸어 다녀도 되고요.

그걸 어디에다가 말해요?

이제 알아봐야죠.

그런 일이 가능할 거라고는 생각하지 못했습니다. 어쨌든 한번 정해진 것들은 쉽게 바뀌지 않고, 뭔가 바꾸려면 절차도 방법도 터무니없이 까다롭고 어렵다는 걸 나도 모르지 않았으니까요.

이튿날 아침 일찍 주해는 수아를 데리고 구청으로 갔습니다. 긴가민가 싶은 마음으로 나도 따라나섰습니다. 구청 민원실 창구를 지키고 있던 젊은 직원은 아침부터 복잡한 일에 휘말리기 싫다는 듯 시청으로 가라고 일러주었습니다. 시청에서는 어쨌든 구청의 협조가 있어야 한다는 애매한 대답을 내놓았습니다.

구청과 시청을 한 번씩 더 오간 뒤에야 주민청원서가 필수라는 사실을 알게 되었습니다. 마을버스 노선을 신설하든, 기존 마을버스 노선을 연장하든 주민 과반수의 청원이 들어와야 본격적인 논의가 시작될 수 있다는 거였습니다.

그날 오후 주해는 청원서를 들고 동네를 돌았습니다.

달산 꼭대기에서부터 한 집 한 집 직접 방문하는 거였습니다. 뭐든 명쾌하게 설명해주지 않는 공무원들의 태도에 지칠 대로 지쳤을 텐데도, 남의 집 대문을 두드리고, 가게 문을 열고, 인사를 하는 주해의 얼굴에서는 그런 기색을 발견하기 어려웠습니다.

안녕하세요. 저는 요 앞에 새로 이사 온 사람인데요. 마을버스 청원하는 것 때문에 왔어요. 여기까지 마을버스 들어오면 다들 편하시잖아요.

사람들은 경계심 어린 눈초리로 주해와 수아, 나를 훑어보았습니다. 주해가 시청과 구청에서 받아온 안내문과 청원서를 보여주고, 몇 번이고 같은 설명을 하는데도 경계심을 좀처럼 누그러뜨리지 않았습니다. 오히려 어떤 꿍꿍이가 있을 거라는 의심을 끈질기게 물고 늘어졌습니다.

마을버스? 그거 들어오면 돈 내야 하는 거 아니요?

누군가는 그렇게 쏘아붙였고,

뭘 제대로 알고 합니까? 괜히 사람들 개인정보 유출하고 그러면 큰일 납니다.

누군가는 그렇게 경고했습니다.

아이고, 새댁. 이 동네 사람들 마을버스 없어도 잘만 다녀요. 몇십 년 동안 그랬어. 괜히 들쑤시고 다니지 말아요.

처음부터 아무것도 들으려 하지 않는 사람도 여럿이었습니다.

내 눈엔 모두 말이 통하지 않는 사람들로 보였습니다. 친절이나 호의를 받을 줄 모르는 사람들. 선의나 진심에 찬물을 끼얹는 이들. 무례와 몰상식이 몸에 밴 인간들. 그러니까 외지 사람들이 남일도, 남일도 할 때 그 남일도의 진짜 모습을 마주한 기분이었습니다.

우리가 마지막으로 찾아간 곳은 샛별미용실이

었습니다.

주해네 집 골목을 나오면 맞은편에 바로 보이는 가게였습니다. 미용실이라는 간판을 달아놓긴 했지만 어느 날은 출입문 앞에 메주를 한가득 걸어놓고, 또 어느 날은 가게 내부에 고추를 넣어 말리고, 또 어떤 날에는 허드레옷을 파는 정체를 알 수 없는 곳이었습니다.

계세요? 사장님 계세요?

우리가 갔을 땐 파마 수건을 뒤집어쓴 여자 둘이 가게를 지키고 있었습니다.

아아, 요 앞에 애 데리고 이사 온 사람이구만. 머리하러 왔어요? 여기 앉아요. 이쪽으로 와요.

주해 뒤에 서 있는 수아를 보고 한 사람이 얼른 소파에서 일어나 미용 의자로 옮겨 갔습니다. 어쩐지 우리 셋을 훑어보는 듯한 눈빛이 싫어서 나는 소파 끝에 걸터앉아 계속 가게 바깥을 흘끔거렸습니다. 주인이 오면 얼른 용건을 전하고 그곳을 나올 생각이었습니다.

기다려도 주인은 오지 않고 여자 둘은 끊임없이 떠들었습니다.

왜 몇 년 전에도 애 하나 데리고 이사 온 애 엄마 하나 있었잖아. 왜 저 도서관 후문 쪽에. 기억나지?

에이. 그 집은 애가 중학생인가 그랬지. 애가 훨씬 컸어.

맞다. 그러네. 야무진 사람이었는데. 아휴, 크나 작으나 애 혼자 키우는 게 뭐 쉬운 일인가. 요새는 대학 보내고 나서도 한참 뒷바라지해야 하잖아.

주해는 웃는 얼굴로 그 사람들의 이야기를 들었습니다. 괜찮냐는 듯한 표정으로 나와 눈을 맞추고, 칭얼거리는 수아를 달래고, 흐트러진 청원서 뭉치를 매만지면서도 참을성 있게 그 사람들의 대화가 끝나기만을 기다리고 있었습니다.

근데 애 아빠는 어디 갔어요?

그리고 못 참겠다는 듯 미용 의자에 앉아 있던 사람이 물었습니다.

이혼했어요. 3년 전에요.

주해가 곧장 그렇게 답할 줄은 몰랐는지 두 사람은 잠시 말이 없었습니다. 그제야 어린 수아가 거기 있다는 걸 알게 된 사람들처럼 스마트폰을 만지작거리는 수아를 한 번씩 돌아다보았습니다.

괜찮아요. 수아도 다 아는 이야기인데요 뭐.

주해가 말했고 이번엔 소파 옆 간이 의자에 앉아 있던 사람이 혀를 차며 말했습니다.

아니, 처음부터 딱 맞는 사람이 어딨어. 다 참고 사는 거지. 애도 어린데 덜컥 이혼을 하면 어째. 혼자 어떻게 키우려고.

철없는 시절에 결혼했고, 덜컥 수아가 생겼고, 도저히 함께 살 수 없는 사람이라 이혼해버렸다고 대답하며 주해는 곁에 앉은 수아를 감싸 안았습니다. 그럴 때 수아는 속을 알 수 없는 사람처럼 제 엄마 품에 안긴 채 사람들의 얼굴을 빤히 쳐다보곤 했습니다.

벌 받는 걸지도 모르죠.

주해가 나지막한 목소리로 혼잣말을 했습니다. 왜 저런 말을 할까 싶은 마음에 주해를 돌아보았는데, 주해는 얼른 내 시선을 피하며 씩씩하게 대답했습니다.

혼자 애 키우는 거 어렵죠. 힘들고요. 그러니

청원서에 서명 좀 해주세요. 마을버스 다니면 좋
잖아요. 저도 일 다니기 좋고, 애한테도 좋고, 동
네분들도 편하고요.

청원서를 받는 일이 그토록 어려울 줄은 몰랐
습니다. 번거로운 일일 거라고 짐작은 했지만 주
민들을 어르고 달래고, 그들에게 애원하고 사정
하다시피 해야 하는 일일 거라고는 상상하지 못
한 것입니다.

세 시간 동안 청원서에 서명을 해준 건 미용실
을 지키던 두 여자를 포함해 단 네 명이 전부였습
니다.

사람들 진짜 너무하네요. 다들 정말 왜 이러는
거예요?

이 집 저 집 다니며 장사꾼 취급이나 당했다는
생각에 그렇게 투덜거렸는데 뒤따라오던 주해가
말했습니다.

다들 여유가 없어서 그래요. 여유가 없으면 뭐
든 겁부터 나잖아요.

주해는 한마디 더 했습니다.

괜찮아요. 내일 다시 가보면 돼요. 아니다. 아예

안내문 같은 걸 하나 만들면 어때요? 약국 앞에도 하나 붙이고요. 미용실에도 하나 붙여달라고 하고요.

뭘 그렇게까지 해요.

내가 말했고 주해가 대답했습니다.

나한테 필요한 일이잖아요. 내가 원해서 하는 거고요. 원래 아쉬운 사람이 뭐든 하는 거잖아요.

*

마을버스는 5월 첫 주에 처음 운행되었습니다.

중앙동 아파트 단지 뒤편에서 출발하고, 도서관을 지나 달산 아래까지 왔다가 다시 같은 길을 되짚어 나가는 코스였습니다.

달산 방면.

작은 알림판이 붙은 초록 버스는 약국 앞에 한 번 정차하고, 비탈진 큰길 한가운데 또 한 번 정차하고, 달산 바로 앞까지 갔습니다. 비탈진 큰길에서 내리면 주해네 집으로 들어가는 골목이 바로 보였습니다. 약국에서 내려 걸어 올라가는 것도, 달산에서 내려 걸어 내려오는 것도, 마을버스가 없을 때보다는 훨씬 수월해진 셈이었습니다.

제일약국 앞.

약국 앞에는 정식으로 정류장 팻말이 설치됐습니다. 축하한다거나, 수고했다거나, 고생했다거나. 그런 다정한 말이라고는 할 줄 모르는 무뚝뚝한 약사는 정류장까지 생겼으니 이제 문을 닫고 싶어도 못 닫게 됐다며 창 너머로 팻말을 내다보고 또 내다보았습니다.

약사뿐만이 아니라 마을 사람들 전부가 요리조리 오가는 그 작은 버스를 신기한 눈으로 바라보았습니다. 오직 주해만이 그 변화를 덤덤하게 받아들였습니다. 나 역시 마냥 기쁘거나 좋지만은 않았습니다. 말이 버스이지 열 명이 타면 꽉 차는 그 좁아터진 버스를 들여오느라고 몇 달간 동네 사람들에게 시달릴 대로 시달린 탓이었습니다.

어쨌든 마을버스가 운행을 시작한 뒤 사람들이 주해 모녀에 대한 경계심을 푼 것은 다행스러운 일이었습니다.

멀리서 수아가 걸어오면 웃는 얼굴로 알은체를

했고, 배차 간격이 들쑥날쑥한 마을버스를 기다
릴 때면 기꺼이 가게 문을 열고 들어와서 기다리
라는 사람들도 생겨났습니다. 그 무렵엔 주해가
남편 없이 혼자 애를 키운다는 사실을 모르는 사
람이 없을 정도여서, 수아를 내려다보며 뜬금없
이 혀를 차거나 안됐다는 표정을 짓는 사람들을
볼 때마다 화가 치밀곤 했는데 주해는 그마저도
어쩔 수 없는 일로 받아들이는 모양이었습니다.

다들 걱정되니까 그러시겠죠. 사람들 마음을
정확히 알 수 있나요. 안다고 해도 어쩔 수 없고
요. 전 동네분들이랑 잘 지내고 싶어요.

주해가 그렇게 말했기 때문에 나도 사람들의
말과 행동을 오해하지 않으려고 애썼습니다. 어
쨌든 좋은 의도일 거라고, 고마운 마음일 거라고,
생각하는 법을 배워야 했습니다.

그 달 말에 주해는 새로 일을 구했습니다.

취업 사이트를 뒤지고, 시간과 급여를 따지고,
이런저런 곳에 이력서를 넣고, 연락을 기다리는
일을 반복하던 주해는 어느 토요일 아침, 반나절
만 수아를 봐달라고 부탁했고, 점심 무렵 두꺼운

책자와 메뉴판을 들고 돌아왔습니다.

홍이 씨! 나 취직했어요.

정말요? 어디요?

그때까지도 나는 주해가 한 번도 직장을 다녀보지 않았을지도 모른다고 막연히 생각하고 있었습니다. 주해가 그것에 관해선 좀처럼 말을 하지 않았기 때문입니다.

스타몰이라고 홍이 씨도 알죠? 거기 8층 패밀리 레스토랑이에요. 꽤 크던데요.

그곳은 나도 아는 곳이었습니다. 스타몰은 중앙동에 사는 사람이라면 한 번쯤 들러봤을 곳이고 그 건물에 입점한 식당이야 몇 개 되지 않았으니까요. 나 역시 지인들과 그 레스토랑에 간 적이 있었습니다. 2만 원가량을 내면 세 시간 동안 무제한으로 식사를 할 수 있었지만 늘 사람들로 붐비는 데다 음식도 고만고만해서 두 번은 찾지 않게 되는 곳이었습니다.

무슨 일을 하는데요?

나는 곧장 그렇게 물었습니다. 왜인지 맥이 빠지는 기분이어서 그런 기색을 들키지 않으려 애를 써야 했습니다.

주방에서 일하기로 했어요. 메뉴가 많더라고요. 다음주까지 여기 있는 메뉴를 다 외워서 오라는데 할 수 있을까요?

주해는 메뉴판을 들어 보이며 웃었습니다.

주방이면 서서 하는 일인데 괜찮아요?

왜 그런 일을 구했냐는 질문이 목 끝까지 올라왔지만 나는 그렇게만 묻고 말았습니다. 적어도 내가 아는 주해는 그보다 훨씬 나은 일을 구할 수 있는 사람이었습니다. 아니, 실은 주해에 관해 아는 게 정말 없다는 생각을 그때 처음 했던 것 같습니다.

수아 때문에 종일 하는 일은 구할 수가 없잖아요. 양육수당 나오는 거 있으니까 여기서 일해보고 차차 생각하면 되죠. 남는 시간에 다른 일을 해도 되고요. 보니까 중앙동 쪽엔 주말 알바도 꽤 있던데요?

엄마야?

전기난로 옆에서 낮잠을 자던 수아가 깨어나는 바람에 대화는 더 이어지지 못했습니다. 수아가 일곱 살이었으니까, 일곱 살짜리 아이에게도 양육수당이 나온다는 사실을 나는 처음 알았습니다.

그날 집에 돌아와서 찾아보니 양육수당은 소득 기준 이하의 가정에만 지급되는 것이었습니다. 기준과 절차는 복잡하고 까다로워서 주해의 경제 상황을 구체적으로 가늠할 수는 없었습니다. 제도나 정책엔 늘 구멍 난 자리가 있기 마련이고 주해가 그 기준에 부합할 거라는 확신도 없었습니다.

다만 내 예상보다 주해의 형편이 좋지 않다는 것만은 확실히 알 수 있었습니다. 적어도 주해가 사는 집이 월세라는 것과 보증금이 터무니없이 적다는 것. 지은 지 40년은 넘어 보이는 집을 골라야 할 정도로 어려움이 크다는 것 정도는 충분히 짐작할 수 있었습니다.

*

초등학교 3학년 때인가.

아버지를 따라 경매장에 간 적이 있습니다. 그곳은 어쩐지 화가 난 것처럼 보이는 법원 본관 옆 별관에 딸린 곳이었습니다. 좁고 어두운 통로를 빠져나가자 중년 남자들이 모여 선 건물 입구가 보였습니다. 남자들은 커다란 게시판 앞을 에워싸다시피 하고 있었습니다. 둥그렇게 모여 선 까만 머리통들 사이로 허옇게 입김이 솟아오르는 무시무시한 광경에 압도된 나는 그 자리에 멈춰 서고 말았습니다.

잠깐 여기 있어라.

아버지는 내게 그렇게 이르고는 게시판 쪽으로 다가갔습니다. 그러나 사람들을 비집고 들어갈 엄두는 내지 못하고 까치발을 한 채 이리저리 고개를 기웃거리기만 했습니다. 아무것도 모르는 내 눈에도 아버지는 몹시 긴장한 모습이었습니다.

열 시부터 개찰 시작합니다.

유니폼을 입은 사람이 소리치자 사람들이 빠르게 건물 안으로 사라졌습니다. 게시판 앞이 텅 빈 후에야 아버지는 게시판에 나붙은 서류들을 살펴보았습니다.

이건 오래된 건물이네. 가만 보자. 이게 금액인가? 싸지가 않네.

무심코 혼잣말을 하고는 놀란 듯 주변을 둘러
보고, 다시 서류를 읽어 내려가는 아버지의 얼굴
은 골똘하고 심각했습니다.

처음 왔어요?

냉기가 어린 길쭉한 복도에 아버지와 나란히
앉아 있을 때 한 여자가 다가와서 물었습니다. 그
때까지도 아버지는 뭘 어찌해야 할지 모르겠다는
듯 바쁘게 오가는 사람들을 바라보고만 있었습니
다. 아버지가 아무런 대답을 하지 않자 여자는 내
옆에 자리를 잡고 앉았습니다.

처음 오셨나 보네. 나도 처음 왔을 땐 뭐가 뭔
지 하나도 몰랐어요. 어디 물을 데가 있나, 알려
주는 사람이 있나. 비가 오나 눈이 오나 와서 보
고 혼자 배우는 수밖에 없지. 정해놓은 물건은 있
어요?

아버지는 이렇다 할 대답을 하지 않았습니다.
여자가 믿을 만한 사람인지 아닌지 가늠하고 있
는 듯했는데 여자가 자리를 뜨려 하자 어쩔 수 없
다는 듯 입을 열었습니다.

경매로 집을 하나 살까 싶어서 왔는데 어쩌야

할지 모르겠네요.

직접 가봤어요? 서류에서 본 거예요? 서류만 보고 덜컥 입찰하면 되나요? 직접 가봐야지. 살 집을 구하는 거예요? 아님 투자할 걸 고르고 있어요?

글쎄요. 그건 봐서 천천히 결정할까 싶은데요.

천천히 결정하면 남들이 다 가져가고 없지, 뭐 하나라도 남아 있을 것 같아요? 어디 살아요? 원래 본인이 잘 아는 데부터 시작하는 게 좋아요.

그리고 곁에 있던 내가 대답했습니다.

우리 집은 남일동이에요.

어쩐지 계속 머뭇거리는 아버지를 도와주려는 마음이었지만 아버지는 당황한 듯 아무런 말이 없었습니다. 들키기 싫은 뭔가를 들켜버린 사람처럼 집을 나설 때부터 쥐고 있던 메모지를 호주머니에 넣고 자리에서 일어서려고 했습니다.

집 사려고 메모도 잔뜩 해왔으면서 그냥 가면 어째? 경매라는 게 부동산에서 집 살 때처럼 돈 내고 낙찰받으면 끝인 줄 알아요? 여기저기 다니며 아쉬운 소리 해야지, 모진 말 해야, 나쁜 놈,

나쁜 년 소리 들어야지. 그럴 깡다구도 없이 뭐하러 여기까지 왔대요.

아버지를 나무라는 듯한 여자가 미워서 내가 쳐다보자 여자는 내 옷깃을 여며주며 말했습니다.

남일동이면 저 고개 너머 달산 있는 동네지? 그럼 그 근처로 찾아보는 게 좋겠다. 공짜로 알려줄 순 없으니까 아버지한테 점심 사시라고 해. 그럼 아줌마가 다른 동네 싸게 나온 집도 보여주고, 입찰하는 것도 가르쳐준다고.

법원 구내식당에서 점심을 먹은 뒤 여자는 아버지를 데리고 다니며 이것저것 알려주었습니다. 아는 사람이 보이면 소개했고 연락처를 알려주었으며 사람들이 뜸한 계단 쪽으로 아버지를 데리고 가서 무슨 말인가를 소곤거리기도 했습니다.

몇 달 후 아버지는 처음 입찰에 도전했습니다.

말이 도전이지 복도 끄트머리에서 내내 서류를 들여다보고, 뭔가를 수정하고, 오줌이 마려운 개처럼 자꾸 시계를 올려다보았다는 이야기를 나는 어머니에게 전해 들었습니다. 어떻게든 가장 적은 돈으로 가장 높은 금액을 써내야 하는 경매의 특성상 치열한 눈치 싸움이 벌어지고 있었는데도 아버지는 골방에 틀어박힌 사람처럼 서류만 매만지고 있었다는 거였습니다.

아, 이거 숫자가 잘 안 보이네. 여봐, 홍이 엄마. 여기 공이 몇 개야? 일곱 개야? 여섯 개야?

어머니에게 서류를 확인하고 또 확인하게 했던 아버지는 개찰을 10분 앞두고 결국 서류를 새로 써냈다고 했습니다. 처음 썼던 금액보다 훨씬 더 큰 금액을 적어 넣은 거였습니다.

볼펜을 쥔 아버지의 손이 사정없이 떨리고 있는 탓에 어머니가 서류를 빼앗다시피 해서 작성을 마쳤다고 했습니다.

세상에. 니 아버지 손이 벌벌 떨리더라니까.

아버지는 그날 남일동 초입에 있는 단독주택을 낙찰받았습니다. 비탈진 큰길을 벗어난 도서관 건물 뒤편에 위치한 집이었습니다. 30년도 더 넘은 주택이었지만 집에 돌아온 어머니는 기쁜 기색을 감추지 못했고, 그날 오후의 일을 무용담처럼 말하고 또 말했습니다.

왜 실없는 소리를 해. 명색이 법원인데 난방도 제대로 하지 않고 말이지. 도대체 세금을 다 어디에다가 쓰는 거야.

말은 그렇게 하면서도 아버지 얼굴의 달뜬 기색은 쉽게 가라앉지 않았습니다.

오랜 시간이 지난 뒤에야 나는 그날 내가 보았던 것이 무엇인지 알게 되었습니다. 그것은 비로소 희망이라 할 만한 것을 가지게 된 한 사람의 얼굴이었습니다.

삶이 지금보다 나아질 수 있다는 믿음. 틀림없이 그렇게 될 거라는 확신.

그러니까 어떻게 하는 줄도 모르고 끊임없이 두드려왔던 부싯돌에서 마침내 조그마한 불꽃이 솟아나고, 드디어 우리도 가느다란 불꽃 하나를 가지게 되었다는 기쁨과 놀라움이었습니다.

*

일을 나가면서부터 주해는 바빠졌습니다.

평일 오전 여덟 시부터 오후 두 시까지.

수아를 어린이집에 보내고 여덟 시까지 출근해야 하는 아침 시간은 정신없이 지나갔고, 오후 두 시에 일을 마치고 돌아오면 수아가 돌아오는 네 시까지 잠깐 여유가 있었지만 그마저도 늘 순식간에 지나가버렸습니다.

아니에요. 혼자 얼마든지 해요. 걱정 마요.

처음 주해는 수아를 잠깐씩 봐주겠다는 내 제안을 마다했습니다. 그러나 은행을 가야 한다거나 주민센터에 서류를 떼러 가야 한다거나, 계획에 없던 일이 생길 때에는 내게 도움을 청할 수밖에 없었습니다. 이따금씩 무단으로 결근하는 알바생을 대신해야 할 때는 내가 수아를 돌볼 수밖에 없었습니다.

홍이 씨, 차라리 오후에 수아를 정식으로 봐주면 어때요? 일주일에 두 번 정도, 세 번이어도 좋고요.

한 달이 지났을 무렵 주해는 그렇게 물었습니다.

밤 여덟 시가 넘어서 퇴근한 뒤, 식은 햄버거를 허겁지겁 먹는 수아를 바라보는 주해의 얼굴은 금방이라도 잠이 들어버릴 것 같았습니다. 주해가 몸을 움직일 때마다 양파와 마늘, 고기 소스와 주방 세제 냄새 같은 것들이 진해졌습니다.

글쎄요.

내가 미적거리자 주해는 망설이는 얼굴로 다시 말했습니다.

애를 모르는 사람한테 맡기자니 불안해서요. 충분하진 않겠지만 알바비 정도는 줄 수 있어요. 최저시급으로 하면 어때요?

그런 후엔 하는 수 없다는 듯 애를 어디 맡길 자신도 없지만 아직은 그럴 형편도 되지 않는다고 털어놓았습니다. 한두 달 일한 뒤에는 수아를 맡길 만한 곳을 찾아보겠다고도 약속했습니다.

나는 그럴 필요가 없다고 말할 생각이었습니다. 돈 같은 건 받을 생각이 없다고, 수아를 돌보는 걸 일이라고 생각한 적 없다고, 수아와 시간을 보내는 것이 내게도 즐겁다고 하려고 했습니다.

홍이 씨는 아직 일할 마음이 없는 거죠? 생활비는 어떻게 해결해요? 기분 나쁘게 듣지 마요. 내가 홍이 씨 사정을 잘 몰라서 그래.

문득 주해가 물었습니다.

나는 회사 생활을 하며 모아둔 돈을 조금씩 까먹는 중이라고 답했습니다. 그건 거짓말이었습니다. 알레르기를 고친답시고 이런저런 치유센터를 들락거리며 모아둔 돈을 바닥낸 지는 오래였습니다. 그러나 왜인지 부모에게 생활비를 받고 있다는 말만은 할 수가 없었습니다.

그럼 정식으로 수아 봐줄게요.

그리고 그 순간 나는 그렇게 말해버렸습니다. 갑자기 왜 마음이 바뀐 것인지 나조차도 알 수 없었습니다. 그때는 다만 겁이 났던 것 같습니다. 부모에게 생활비를 받아 쓰는 내 처지를 마냥 편하고 여유롭다고 오해할까봐. 아니, 실은 저 나이가 되도록 제 밥벌이도 못하고 부모 그늘 아래서 지내는 속없는 사람이라고 여길까봐 겁이 났던 것 같습니다.

그러니까 나는 주해를 잃고 싶지 않았던 것입니다. 친구라고 할 만한 사람도, 동료라고 할 만한 사람도 없는 내게 주해는 이웃이었고 친구였으며 유일하게 마음을 터놓을 수 있는 누군가였습니다. 그게 누구든 나는 다시금 실패하는 관계를 만들고 싶지 않았습니다.

일주일에 세 번, 오후 네 시부터 밤 아홉 시까지.

나는 수아를 돌보았습니다. 주해가 일하는 시간은 점점 늘었습니다. 한 주에 한두 번씩은 밤 아홉 시가 훨씬 넘은 시각에 뛰듯이 대문을 열고 들어와 숨찬 목소리로 사과를 하곤 했습니다. 정해진 날이 아닌데도 수아를 부탁하는 경우도 잦아졌습니다.

한번은 골목 쪽에서 화가 난 듯한 말소리를 들은 적이 있습니다.

내지르는 목소리는 아니었고 어떻게든 참아보려는 기색이 역력한 여자 목소리였습니다. 나는 수아와 함께 주해를 기다리고 있었습니다. 6월 하순이어서 반쯤 열어둔 거실 문으로 부드럽고 미지근한 바람이 새어 들어왔습니다. 어둠이 내린 동네는 고요했고 말소리는 끊어질 듯 끊어지지 않고 이어졌습니다.

이모, 저 사람 화난 거 같지? 우리 집에 들어오

면 어쩌지? 엄마한테 싸움 걸면 어떡해?

누가 속상한 일이 있나 보다. 수아 얼른 자자.

나는 거실 문을 닫고 겁먹은 수아를 달랬습니다. 수아는 명랑하고 쾌활했지만 겁이 많은 편이었습니다. 제 엄마가 오지 않으면 좀처럼 자려고 하지 않는 아이를 달래 방에 눕히고 나서야 나는 다시 거실로 나왔습니다. 그때까지도 대문 너머에선 나지막한 목소리가 그치지 않고 있었습니다.

나는 대문을 살짝 열고 밖을 내다보았습니다.

멀리 골목 입구에 쪼그리고 앉은 사람의 실루엣이 보였습니다. 밤에는 저렇게 멀리 있는 목소리도 또렷이 들린다는 사실에 놀란 마음이 되어 그쪽으로 조심스레 다가갔습니다. 어쨌든 밤이니까 목소리를 낮춰달라고 말할 작정이었습니다. 그리고 가로등 아래 웅크리고 앉은 사람의 모습이 분명해지자 나도 모르게 그 자리에 멈춰 서고 말았습니다.

너무하잖아요. 저도 살아야죠. 저라고 뭐 그럴 줄 알고 그랬어요. 벌써 3년이 넘었어요. 3년도 넘었다고요. 나더러 뭘 어쩌라는 거예요.

치솟는 뭔가를 억누르듯 그렇게 통화하고 있
는 사람이 주해였기 때문입니다. 주해는 골목 바
깥을 내다보며 통화를 이어나갔습니다. 목소리가
커진다 싶으면 심호흡을 했고 그런 후에는 다시
나지막한 목소리로 무슨 말인가를 소곤거렸습니
다.

지금은 그게 다예요. 있으면 저도 드리고 싶어
요. 어머님 저도 애 키우는 사람이에요. 그 마음
모르지 않는다고요. 제가 죽으면 속이 후련하시
겠어요? 제가 죽으면 우리 애는요? 걔가 무슨 죄
가 있어요.

나는 어찌할 바를 모르고 그 자리에 멈춰 선 채
로 주해의 통화를 들었습니다. 인기척을 내며 집
으로 되돌아가는 것도, 주해를 알은체하는 것도,
겁이 나긴 마찬가지였습니다. 어느 쪽이든 주해
를 곤란하게 만들 거라는 생각 때문이었습니다.

진짜 너무들 하네. 마음대로 해요. 찾아와서 날
죽이든 살리든 마음대로 하세요.

주해는 그렇게 말한 뒤 통화를 끝내고 무릎 위

에 얼굴을 묻었습니다. 그때까지도 나는 어쩌지 못한 채 얼어붙은 듯 그 자리에 있었습니다. 잠시 후 몸을 일으킨 주해가 고개를 젖히고, 눈가를 매만지고, 옷매무새를 정리한 다음 마침내 골목 쪽으로 몸을 트는 순간까지도 얼빠진 사람처럼 꼼짝하지 못했습니다.

홍이 씨.

주해는 놀란 듯 나를 바라보았고 늦어서 미안하다고 말했습니다. 그런 후엔 아무 일도 없었다는 듯 나를 집으로 이끌었습니다.

무슨 일 있어요? 괜찮아요?

내 질문에는 괜찮다는 듯 웃어 보이는 게 전부였습니다. 그리고 짐을 챙겨 집을 나서는 나를 배웅하며 주해는 이렇게 말했습니다.

홍이 씨, 고마워요. 홍이 씨 없었으면 정말 이렇게 지낼 자신이 없었을 거예요. 정말 고마워요. 곧 갚을 수 있는 날이 오겠지. 그랬으면 좋겠어요.

어두운 골목에서도 주해의 두 눈이 그렁그렁해지는 것이 분명하게 보였습니다. 나는 이렇다 할 대답을 하지 않고 서둘러 돌아섰습니다. 무슨 말이든 한마디를 하면 주해가 간신히 참고 있는 뭔가가 금방이라도 쏟아질 것 같아서였습니다.

*

아버지가 처음 낙찰받은 단독주택은 남일동 초입에 있었습니다.

제일약국 옆 큰길이 아니라 도서관 옆쪽 복잡하게 얽힌 샛길 주변에 위치한 집이었습니다. 새로 페인트를 칠한 큰 집들 사이에 자그마하게 끼인 집이어서 얼른 눈에 띄지는 않았습니다.

홍아, 봐라. 저게 우리 집이다.

그 주택을 낙찰받은 다음 날인가. 부모는 내게 그 집을 보여주었습니다. 초저녁이어서 푸르스름한 빛깔이 온 동네를 뒤덮고 있었습니다. 어머니는 내 손을 단단히 붙잡고 그 집으로부터 멀찌감치 떨어진 곳에 멈춰 섰습니다. 거기서는 대문의 모양이나 담벼락 너머 주택의 형체만을 겨우 알아볼 수 있었습니다.

가까이 가서 볼래.

내가 손을 뿌리치려고 하면,

아직 저 집에 사람들이 살잖아. 저 사람들이 이
사 가야 들어가 볼 수 있지. 우리가 새 주인이라
고 들어가면 저 사람들이 기분 나쁘잖아.

어머니는 내 손을 더 힘껏 쥐었습니다.

시간이 지나고 왜 숨바꼭질하듯 숨어서 그 집
을 볼 수밖에 없었는지 알게 되기 전까지 나는 경
매로 집을 산다는 것이 어떤 의미인지 알지 못했
습니다. 누군가가 누군가에게서 빼앗은 집을 산
다는 것이 얼마나 무서운 일인지, 누군가의 슬픔
과 불행을 목격하는 대가로 싼 집을 구입할 때 각
오해야 하는 것이 무엇인지 그때는 알 리가 없었
습니다.

남일동 52-1번지.

나는 아직 그 집 주소를 기억합니다.

홍아, 우리 집 주소 말해봐라. 새집 주소 아직
못 외웠냐?

내가 조금이라도 머뭇거릴라 치면 약 올리듯
큰 소리로 주소를 얼른 말해버리는 아버지가 얄

미워서 아버지의 질문이 끝나자마자 주소를 크게 외치는 버릇이 생긴 탓입니다. 아버지가 무슨 말을 꺼내려 하면 대뜸 52-1번지 하고 소리친 것도 여러 번입니다.

사실 나는 혼자서 그 집을 몇 번 찾아가 본 적이 있었습니다. 담벼락을 뒤덮은 담쟁이넝쿨은 까맣게 죽어 있고, 칠이 벗겨진 철 대문이 휘어진 채 늘 반쯤 열려 있어서 한눈에 보기에도 낡고 쇠락한 기운을 풍기는 집이었습니다.

드디어 집을 갖게 되었다는 흥분. 곧 새집으로 이사한다는 기대.

틀림없이 내 부모가 가르쳐주고, 내 마음에 불어넣어준 그런 마음들은 그 집 앞에 도착하면 싹 사라지고 없었습니다. 환한 낮인데도 그 집을 올려다보고 있으면 불안한 마음이 커졌고 오싹한 기분을 느낄 때도 있었습니다. 그럼에도 나는 그 집 근처를 오래 기웃거렸습니다. 어쨌든 우리 가족이 새로 이사 갈 집이니까 그 안을 들여다보고 싶은 충동을 억누를 수가 없었기 때문입니다.

어느 날인가는 대담하게 열린 대문 틈으로 고

개를 디밀고 마당 안을 들여다본 적도 있습니다. 담벼락 아래 크기별로 놓인 장독대와 반듯하게 세워진 자전거, 바퀴가 달린 수레, 포대 자루 같은 것을 흘끔거리고 있는 나를 발견한 건 그 집에서 나온 누군가였습니다.

누구니?

현관문을 열고 나온 여자가 그렇게 물었고 나는 그 자리에 우뚝 멈춰 섰습니다. 놀라고 두려운 마음에 가슴이 거세게 두근거리기 시작했습니다.

무슨 일이니? 누굴 찾아왔어?

포대기를 멘 여자는 현관 계단을 내려와 대문 앞까지 나왔습니다. 그런 후엔 몸을 숙여 나와 눈을 맞춘 뒤 다시금 물었습니다. 여자의 얼굴 너머로 등에 업혀 잠 아기의 모습이 보였다가 말다가 했습니다. 나는 조마조마한 마음으로 내 주먹만 한 아기의 얼굴을 훔쳐보고 또 훔쳐보았습니다.

길을 잃어버린 거야?

아니요.

집이 어디니? 이 근처야? 아줌마가 데려다줄까?

아니, 아니요.

나는 얼버무리듯 대답하며 뒤돌아섰고 그런 뒤
엔 정신없이 집까지 뛰었습니다. 큰 잘못을 저질
렀다는 생각과 미안한 마음, 부끄러움 같은 것들
이 뒤섞여 엄마의 얼굴을 마주하자마자 울음이
터졌습니다.

그러니까 감당도 못 할 일을 벌이고, 남의 돈을
제때 갚지 않고, 그래서 집이 넘어가는 것을 가만
히 두고 보고만 있는 무책임하고 한심한 사람들
이라며, 아버지가 혼잣말을 할 때에 상상했던 그
집 사람의 모습이 그날 내가 만났던 그 여자의 모
습과 너무나 달랐던 것입니다. 그토록 상냥하고
다정하게 누군가의 안부를 살필 줄 아는 누군가
가 있을 거라고는 정말이지 짐작하지 못했던 것
입니다.

몇 달 후 우리는 그 집으로 이사했습니다.

이사 전 며칠 동안은 온 가족이 손을 걷어붙이
고 고장 나고 망가진 집 안 여기저기를 손보았습
니다. 전문가에게 집수리를 맡길 여유가 없었으
므로 모든 것을 직접 해야만 했습니다.

여기 살던 사람들은 어디로 간 거야?

어느 오후 기름걸레로 나무 마루를 닦으며 내가 묻자 창틀을 청소하던 어머니가 답했습니다.

어디든 갔겠지. 아무래도 이 집보다는 좀 못한 데로 갔겠다.

못한 데 어디?

글쎄. 여기보다 못한 데면 어디가 있을까?

안 좋은 집으로 갔다는 거야?

아마도 그렇겠지?

그럼 아직 남일동에 있어? 이 근처에 있는 거야?

그건 모르지. 홍이 아빠, 그 사람들 어디로 간다는 말 없었어?

꼬치꼬치 묻는 내가 귀찮았는지 어머니는 아버지에게 내 질문을 슬쩍 넘겨버렸습니다. 사다리 위에 올라 마루 조명을 손보고 있던 아버지는 작정한 듯 내려와 걸레질을 하고 있던 나를 일으켜 세웠습니다.

홍아, 사람이 사는 데 가장 필요한 게 뭔지 아니? 집이다. 사람은 자기 집이 있어야 떳떳하게 살 수 있어. 두고 봐라. 앞으로 점점 더 그렇게 될 테니까.

그건 내 질문에 대한 답이 아니었습니다. 그럼에도 아버지의 진지한 얼굴을 마주하는 동안엔 아무 말도 할 수 없었습니다. 왜였을까요. 불과 몇 달 전까지만 해도 우리는 집이 없는 사람들이었는데. 나는 한 번도 우리가 사는 집이 우리 것인지 남의 것인지 생각해본 적이 없는데. 그런데도 그 순간에는 멀쩡한 곳이라고는 거의 없는 그 낡고 더러운 집이 조금은 달라 보였던 것 같습니다.

아니, 애한테 왜 그런 쓸데없는 이야기를 하고 그래, 당신은.

어머니가 만류하는데도 아버지는 다짐을 두듯 한마디 더 했습니다.

다른 사람 신경 쓸 거 없다. 기회는 누구에게나 한 번은 오는 법이야. 그걸 못 잡는 건 그 사람 탓인 거지.

고개를 끄덕이긴 했지만 당시에는 아버지의 말을 다 이해할 순 없었습니다. 그리고 아주 오랜 시간이 흐른 후, 주해를 만난 다음에서야 비로소 나는 그 말의 의미를 헤아려보게 되었습니다.

*

남일동 마녀시장은 추석을 앞둔 토요일에 처음 열렸습니다.

사실 시장이라 할 만한 규모도 아니었습니다. 제일약국 주변에 옹기종기 자리를 잡은 사람들이 돗자리나 간이 테이블을 펼쳐놓고 집에서 가지고 나온 물건들을 늘어놓은 게 전부였으니까요. 물건을 팔러 나오는 사람들은 조금씩 늘고 줄었지만 언제나 열 명 안팎으로 비슷비슷했습니다.

몇 주 지나서는 소문을 듣고 멀리서 구경 오는 사람들도 생겨났습니다. 아마도 마녀시장이라는 이름이 호기심을 자극한 때문이었을 겁니다. 그러나 대부분은 제대로 된 부스 하나 없는 그곳의 풍경을 보고 실망한 기색을 감추지 못했습니다.

마녀시장이 어디예요?

제일약국 앞에 자리를 잡고 앉은 나와 주해, 수

아에게 그렇게 묻는 사람도 부지기수였습니다.

여기가 마녀시장인데요.

대답을 하는 건 수아였습니다. 난감한 표정으로 서 있는 사람들을 향해, 뭘 찾느냐고, 자신이 얼마든지 찾아줄 수 있다고 말하는 것도 수아였습니다. 그럴 때 보면 수아는 일곱 살짜리 꼬마가 아니라, 살 만큼 산 사람처럼 능청스러운 구석이 있었습니다. 테이블 앞에 내놓은 물건들을 정리하고, 가격을 확인하고, 포장 비닐을 챙기고, 오가는 사람들에게 큰 소리로 인사하는 것도 언제나 수아의 몫이었습니다.

마녀시장은 제일약국 약사의 제안으로 시작된 것이었습니다.

제일약국 앞에 안 쓰는 물건들을 하나씩 갖다 놓던 주해에게 약사가 차라리 벼룩시장 같은 걸 열어보면 어떠냐고 권했던 것입니다. 처음에 주해는 쓰지 않는 전기포트나 그릇, 수아의 가방과 옷, 동화책 같은 것을 약국 앞에 내놓았습니다. 아직 쓸 만한 물건들이라 버리기 아깝다는 게 이유였습니다.

약사님, 이거 가져가도 돼요?

필요하면 가져가라는 쪽지를 붙여놓았는데도 사람들은 매번 약국 문을 열고 약사에게 확인을 했던 모양입니다. 그냥 가져가는 게 미안했던지 약국 안으로 들어와 박카스나 까스활명수 같은, 당장 필요하지도 않은 약들을 사 가는 사람들도 있었다고 합니다.

몇천 원이라도 받고 팔면 가져가는 사람 마음도 편하잖아요. 나도 괜히 박카스 사 가는 사람 안 봐도 되고요.

그래서 주해가 약국 앞에 쪽지를 붙이게 된 것입니다.

돌아오는 토요일 오전 열한 시, 제일약국 앞에서 벼룩시장을 열 계획이고 누구든 참여해도 좋다는 내용이었습니다.

뭘 더 적어야 할까요?

자신이 메모한 종이를 요리조리 들여다보던 주해가 물었습니다. 글씨가 조금 작은 것 같다는 이야기를 할 생각이었는데 곁에 서 있던 수아가 말했습니다.

엄마, 벼룩이라고 하니까 이상해. 더 예쁜 이름 붙이고 싶어.

그래? 그럼 수아가 한번 지어봐.

이런저런 단어를 우물거리던 수아의 입에서 마녀라는 단어가 튀어나왔습니다.

마녀시장? 마녀시장이라고 하면 사람들이 무서워서 안 올 텐데?

슬쩍 떠보듯 내가 말했는데 수아는 고개를 저으며 야무지게 대답했습니다.

이모, 마녀가 무서워? 그건 이모가 잘못 알고 있는 거야. 마녀는 나쁜 사람들이 아니고 마법으로 사람들을 도와주는 착한 사람들이야.

그런 후엔 주해가 들고 있는 매직펜을 빼앗다시피 가져간 뒤 마녀시장이라는 네 글자를 또박또박 적어 넣었습니다.

이름 너무 좋은데요. 대박 나는 거 아니에요?

글씨를 쓰는 데 집중하느라 수아는 내가 주해에게 소곤거리는 말은 듣지 못한 것 같았습니다. 사람들이 이렇게 많이 오게 된 건 다 이름 덕분이라고, 언젠가 꼭 말해줘야지 생각했지만 평일엔

시장을 까맣게 잊고 지냈고 토요일이 되면 물건을 챙기고 옮기느라 정신이 없었습니다.

언젠간 해야지, 할 수 있겠지, 여겼지만 결국 수아에게 그 말을 하지 못했습니다.

마녀시장은 1년 남짓 이어졌습니다.

그렇게 오래 하게 될 거라곤 사실 누구도 예상 못 했습니다. 처음 몇 주간은 주해와 수아, 나까지 세 사람이 약국 앞에 쪼그리고 앉아 시간을 때우는 수준이었으니까요. 간이 테이블도 없고, 가격표니 안내판이니 하는 것들도 없어서 그 앞을 오가는 사람들조차도 우리가 뭘 하는지 알 수 없었을 겁니다.

한 달 정도가 지나자 물건을 가지고 나오는 사람들이 생기기 시작했습니다.

늦가을 무렵엔 동네를 돌며 고물을 줍는 노인들까지 자리를 잡고 앉아 쓸 만한 물건을 팔게 되었습니다. 미용실, 철물점, 부동산 주인 들까지 합세하자 그곳은 손때 묻은 신기하고 특이한 물건들이 불러오는 활기로 북적거렸습니다.

구경 오는 사람도 차츰 늘었습니다. 중고등 학

생들이 인터넷에 글을 올린 후로는 카메라를 들고 와서 본격적으로 사진을 찍는 사람들도 생겨났습니다. 지루할 틈 없이 시간이 가는 건 좋은 일이었지만 해결해야 할 문제도 하나씩 생겨났습니다.

몇 주간 약국 화장실 사용을 묵인하던 약사가 화장실 문을 잠가버린 게 가장 큰 문제였습니다.

미안하지만 안 돼요. 물세도 물세지만 아무한테나 개방했다가 문제 생기면 그걸 누가 감당해요? 어쩔 수가 없어요.

몇 번이고 사정했지만 약사는 완강했습니다.

비가 오는 날엔 간이 천막이 필요했고, 흐린 날엔 전기 조명이 필수였습니다. 쓰레기를 모으고 분리하고 처리하는 것도, 한 사람이 좋은 자리를 선점하고 독점하는 것도, 몇 사람이 너무 많은 물건을 늘어놓는 것도, 불거지는 수많은 문제 중 하나였습니다.

그런 일이 있을 때마다 사람들은 주해를 찾았습니다.

그럼 누구한테 말을 해? 시작한 사람이 책임을

져야지. 이 집 새댁이 여기 책임자 아니요?

부탁이나 요청이 아니고 거의 강요나 강제로 보이는 그 사람들의 요구사항을 주해는 모두 들었습니다. 임시로라도 나아질 수 있는 방법을 찾으려고 했고 제 것을 내어주고서라도 사람들의 성난 마음을 달래려고 했습니다.

불편하시죠? 제가 방법을 고민해볼게요. 조금만 기다려보세요.

그렇게 쩔쩔매는 주해를 볼 때면 상대가 무엇을 어떻게 말하든 무조건 다 받아들이겠다고 결심한 사람 같았습니다.

어느 날인가는 비닐 천막을 사러 중앙동까지 다녀오는 주해를 본 적이 있습니다. 묵직한 비닐 천막 뭉치를 내려놓은 주해의 얼굴은 땀으로 번들거렸습니다. 숨을 몰아쉬며 비닐 개수를 세던 주해가 다시금 가방을 챙겨 들고 몸을 일으켰습니다.

왜요?

내가 묻자 주해가 목소리를 낮춰 대답했습니다.

한 장이 모자라네요. 분명 센다고 셌는데 정신
이 없어서 잘못 계산했나 봐요. 얼른 가서 한 장
더 사 올게요.

나도 모르게 뭘 그렇게까지 하느냐는 말이 튀
어나왔습니다. 내친김에 나는 한마디 더 했습니
다.

아니, 불편한 건 각자 해결을 해야지. 왜 주해
씨가 해요. 다들 자기 물건 팔러 나왔으면서. 이
상하잖아요.

고맙다고 인사는 못할망정 주해를 못살게 괴롭
히는 동네 사람들이 얄밉고 미워서 일부러 목소
리를 높인 것이었습니다.

왜 그래. 홍이 씨. 왜 그래. 이리 와요. 이리 와
봐요.

주해는 당황한 듯 약국 건물 뒤로 나를 이끌었
습니다. 어떻게든 나를 진정시키려는 것이었겠지
만 사람들에 대한 서운함과 야속함 탓에 내 목소
리는 점점 더 커졌습니다.

너무하잖아요. 사람들이. 주해 씨도 적당히 해
요. 그렇게까지 할 거 없잖아요.

한참 만에 주해가 나지막한 목소리로 되물었습니다.

홍이 씨. 그렇게 해서 사람들 마음을 어떻게 얻나요?

사람들 마음을 얻어야 해요?

주해는 내 팔을 잡고 소곤거렸습니다.

홍이 씨. 난 여기서 오래 살고 싶어요. 여기 아니면 갈 데도 없고요. 알잖아요. 내가 이러는 거 다른 사람들 좋으라고 하는 게 아니에요. 내가 필요해서 하는 일이에요. 내가 원해서 하는 일이라고요. 난 정말 잘하고 싶어요.

*

회사를 나오고 한동안은 잠을 청하는 일이 두려웠습니다.

방문을 열고 나가면 거실 옆 반쯤 문 열린 방에 어머니와 아버지가 낮게 코를 골며 잠들어 있다는 것을 알면서도 방문을 닫으면 빈 상자 안에 갇힌 기분이 들었습니다. 어째서인지 불을 끄고 누우면 누구도 모르는 곳에 버려진 심정이 되어버리는 것이었습니다.

내가 사는 곳은 중앙동 사거리 근처 한 동짜리 구식 아파트입니다. 그 일대에 경쟁하듯 아파트 대단지가 들어서면서부터는 울창한 아파트 숲에 둘러싸인 꼴이 되어버린 지 오래입니다. 더는 뭔가가 들어설 자리가 없는 것 같은데도 어느 날 보면 또 커다란 펜스가 세워지고 터 파기 공사가 시작되곤 했습니다.

밤이면 공사 현장에서 새어 드는 불빛이 천장에 기이한 무늬를 만들었습니다.

벽지의 형태를 따라 불빛은 커지고 작아지며 구름이 되고 나뭇가지가 되고, 비행기나 자전거가 되었다가 새나 고양이로 바뀌고 마침내 내가 아는 얼굴로 변했습니다. 그 얼굴 속에서 나를 없는 사람 취급하던 회사 사람들의 눈빛과 표정 같은 것들이 되살아났습니다.

매일 최악의 상황을 상상하고 출근하면 늘 그것을 뛰어넘고 어제보다 더 차가워진 사람들의 모습이 나를 우두커니 내려다보고 있는 거였습니다.

홍이 씨, 박 대리 그렇게 안 챙겨도 돼요.

아직 박 대리라는 사람을 몰라서 그래. 우리가 아무 이유 없이 이러겠어요.

홍이 씨, 똑똑한 줄 알았는데 아닌가봐.

입사하고 얼마 지나지 않아 사무실 사람들은 대놓고 그렇게 충고했습니다. 박 대리, 그러니까 모두에게 미운 털이 박힌 박희수 씨와 거리를 두라는 경고였던 셈입니다.

박희수 씨는 30대 중반의 남자로 늘 어딘가 주눅이 들어 보이는 사람이었습니다. 정시에 출근하고 정시에 퇴근할 때까지. 자신의 자리를 벗어나는 일이 거의 없었기 때문에 파티션 너머에서 그 사람이 옷을 챙겨 입고 일어나면 비로소 그 사람이 거기 있었다는 걸 깨닫게 되곤 했습니다.

7년 넘게 조그마한 여행사를 돌며 일을 배웠다는 그는 실수가 많은 편이었습니다.

박 대리, 대만 가이드랑 통화했어? 일정표가 안 왔는데?

윤 과장이 소리치면,

일정표를 미리 받아야 합니까? 시간이 아직 좀

남았는데요.

느릿느릿 대꾸하는 사람이었습니다.

매사 꾸물거리는 그 사람 탓에 나도 몇 차례 상사에게 혼이 난 적이 있었습니다. 내가 다녔던 회사는 꽤 규모가 있는 편이었고, 복잡한 업무가 세세하고 정확하게 구분되어 있었기 때문에, 한 가지 일이 늦어지면 도미노가 쓰러지듯 모두가 불편을 떠안을 수밖에 없었습니다.

내가 보기에도 그는 굼뜨고 무능할 때가 많았습니다. 그렇다고 해도 박 대리를 대하는 사람들의 태도에는 가혹한 데가 있었습니다.

좋은 아침입니다!

먼저 들어가겠습니다!

누구도 이렇다 할 반응을 보이지 않는데도 출퇴근 때마다 그렇게 인사하는 박 대리를 보고 있으면 너무하다 싶은 마음이 저절로 들었습니다. 점심시간이 다가오면 뭘 먹자, 어딜 가자, 큰 소리로 떠들면서도 혼자 남게 될 박 대리에 대해선 조금도 신경 쓰지 않는 사람들의 모습이 곱게 보일 리 없었습니다.

나는 그 사무실에서 박 대리와 인사를 주고받는 유일한 사람이었습니다. 어느 날엔 함께 점심을 먹었고, 또 어느 날엔 외근을 나가는 박 대리를 따라나섰습니다. 그에게 온 택배나 우편물을 챙겨주는 것도 내 몫이었습니다.

한번은 엘리베이터에서 박 대리가 말했습니다.

홍이 씨, 마음은 고마운데요 나한테 이럴 거 없습니다. 괜히 미움만 사요.

네?

박 대리는 가파르게 올라가는 엘리베이터 층수를 올려다보며 말했습니다.

괜히 홍이 씨가 사람들 미움을 산다고요. 나야 익숙해져서 괜찮습니다. 아무렇지도 않아요.

왜였을까요. 그 말을 듣는 순간 나는 오기가 나서 이렇게 쏘아붙였습니다.

박 대리님 때문에 이러는 거 아니에요. 저는 제 방식대로 해요. 다들 그런다고 저도 그래야 하는 건 아니잖아요.

그건 거짓말이었습니다. 박 대리를 볼 때마다 왜 중학교 3학년 시절이 떠오르는지 나도 알 수 없었으니까요. 그러니까 박 대리를 대하는 사람들을 볼 때마다 중앙동 안쪽에 위치한 중학교로 전학 갔을 때, 그곳 아이들이 내게 보여준 반응이 생생하게 되살아났던 것입니다.

졸업을 고작 한 달 앞둔 전학이어서 중앙동의 고등학교 진학을 염두에 두었다는 것은 누구나 짐작할 수 있었습니다. 그런 식으로 급작스럽게 전학을 하는 경우가 아주 드문 일도 아니었습니다. 그러나 고작 그런 이유로 아이들이 내게 그토록 냉랭하게 굴 거라곤 누구도 예상하지 못한 것입니다.

3학년 8반 남토.

아이들은 나를 그렇게 불렀습니다. 그게 남일동 토박이의 준말이라는 것은 나중에 알았습니다. 누가 먼저 시작하고, 언제부터 그렇게 불렀는지 알 수 없었으므로 따져 물을 수 있는 사람도 없었습니다. 내가 남일동에서 중앙동으로 온 것이 아니고, 중앙동에서 남일동으로 온 경우였다고 해도 그 애들이 그럴 수 있었을까요.

그러니까 나는 그 당시에는 누구에게도 묻지

못한 질문을 하고 있었는지도 모릅니다.

보란 듯이 박 대리에게 말을 걸고, 함께 식사를 하고, 출퇴근 때마다 박 대리에게 인사를 건네면서, 실은 그가 별 볼 일 없는 여행사의 가이드를 전전하다가 운 좋게 큰 여행사에 들어온 경우가 아니고, 그 반대의 경우였다고 해도 이렇게 가혹하게 할 수 있겠느냐는 물음을 그곳에 있는 사람 모두에게 하고 있었던 것입니다.

*

남일동 52-1번지.

우리 가족은 그 집에서 2년을 채 못 살았습니다.

그건 폭우가 쏟아질 때마다 나무 창틀에서 물이 흘러내렸기 때문도, 장마철이 되면 기다렸다는 듯 집 안 곳곳에 무럭무럭 피어올랐던 곰팡이 때문도, 종일 보일러를 틀어도 좀처럼 누그러들지 않았던 겨울 외풍 때문도 아니었습니다.

아버지는 아픈 자식을 돌보듯 그 집을 보살폈

습니다. 단 한 번도 어디가 고장 나거나 망가졌다
고 해서 짜증을 낸 적이 없었습니다. 우리가 이사
갈 즈음 그 집이 몰라보게 달라진 것은 퇴근 후에
도, 휴일에도 쉬지 않고 집을 손보는 일에 매달렸
던 아버지의 애정 덕분이었습니다.

그 집으로 이사를 온 지 아마 몇 주가 되지 않
았을 때일 겁니다.

정오가 되기 전 나는 어머니와 함께 집을 나섰
습니다. 이른 아침부터 대문 페인트칠을 시작한
아버지가 결혼식장에 가지 않겠다고 고집을 피우
는 바람에 어머니와 나 단둘이서 집을 나서게 된
것이었습니다. 지금 제일약국이 있는 자리엔 당
시 조그마한 식료품 가게가 있었습니다. 어머니
는 그 앞에서 걸음을 멈추고 가게 안을 기웃거렸
습니다. 어머니보다 나이가 훨씬 많아 보이는 그
가게 여주인과는 오며 가며 늘 인사를 주고받는
사이였으므로 나는 어머니가 안부를 물으려는가
보다고 생각했습니다.

잠깐 여기 있어.

어머니는 내게 그렇게 이르고 새시 문을 연 다

음 가게 안으로 들어갔습니다. 아주 맑은 날이어서 좁은 가게 입구는 어둑어둑했습니다.

계셔요? 어디 가셨어?

어머니의 목소리가 가게 안으로 쑥 들어갔습니다.

그날따라 이상하게도 나다니는 사람이 거의 없는 동네의 풍경을 두리번거리며 나는 어머니를 기다렸습니다. 한참이 지나도록 어머니는 나오지 않고 결국엔 조마조마한 마음으로 새시 문을 열고 고개를 디밀었습니다.

세상에 사람이 그럴 수 있어? 한동네 사는 사람끼리 그렇게 야멸차게 하는 법이 어디가 있어?

처음엔 라디오에서 나오는 소리라고 생각했습니다. 라디오 잡음 같은 게 들리기도 했고, 어머니와 그 사람 사이에 그런 성난 말이 오고 갈 리 없다고 여겼기 때문입니다.

홍이 엄마, 나 이 동네 20년 넘게 살았지만 이런 경우는 못 봤네. 나 살자고 다른 사람은 그렇게 내모는 법이 어디 있어. 세상에. 이웃 사람 집이 넘어갔는데 그 집을 덜컥 사버리면 어쩌겠다는 거야. 아무리 돈이 좋은 세상이지만 살면서 도리는 지켜야지. 그렇게 안 봤는데 홍이 엄마 정말 무서운 사람이네.

무섭다니요. 경매로 나온 집인데 누가 사든 무슨 상관인가요? 사정이 어렵다고 하셔서 저희가 이사비도 챙겨드리고 두 달 넘게 기다린 건데요.

어머니의 나지막한 목소리가 들리지 않았다면 정말 라디오 소리라고 생각하고 큰 소리로 어머니를 불렀을지도 모릅니다.

환한 햇살 탓에 가게 안은 동굴처럼 어두웠습니다. 나는 들여다볼수록 점점 더 깊어지고 어두워지는 가게 내부를 두리번거리고 있었습니다. 어머니는 잠시 후 나왔습니다. 들어갈 때처럼 새시 문을 소리 나지 않게 닫은 뒤 내 손을 잡았습니다.

늦겠다. 얼른 가자.

어머니는 그렇게 말한 뒤 아플 정도로 내 손을 힘껏 쥐고 빠른 걸음으로 버스 정류장을 향해 걷기 시작했습니다. 어머니의 걸음에 맞추느라 거의 뛰다시피 하면서도 나는 어머니의 손을 놓지 않았습니다. 손안에서 느껴지는 어머니의 무섭도록 뜨거운 체온이 나를 조마조마하게 만든 탓입니다.

버스를 타고 이동하는 동안에도, 결혼식장에서 사람들과 인사를 나누는 동안에도, 예식이 진행되는 동안에도, 어머니는 별다른 말이 없었습니다. 입을 다문 어머니는 화가 난 것 같기도, 졸린 것 같기도, 지친 것 같기도 했는데 어쩐지 내 눈에는 조금씩 더 슬퍼지는 것처럼 보였습니다.

홍이 엄마 집 샀다면서요? 소식 들었어. 집들이는 언제 할 거야?

집을 샀어? 언제? 대단한 일 했네. 어떻게 집을 샀대?

홍아, 새집으로 이사 가니까 좋아? 홍이는 좋겠구나. 똑똑한 아빠 둬서.

그리고 한 무리의 사람들이 엄마와 나를 둘러쌌습니다. 예식이 끝나고 뷔페식당 한쪽에서 늦은 점심을 먹고 있을 때였습니다. 내가 우물쭈물하고 있는데도 어머니는 잠자코 접시에 놓인 음식들을 먹기만 했습니다. 누군가 오면 눈을 맞추고 고개를 까딱했지만 그걸로 그만이었습니다.

다 먹었니? 그만 일어나자.

어머니는 내가 젓가락을 내려놓자마자 옷가지를 챙겼고 내 손을 잡은 다음 빠른 걸음으로 결혼식장을 빠져나왔습니다. 거기서부터는 어떻게 집으로 왔는지 모를 정도로 어머니는 정신없이 움직였습니다. 버스 정류장까지 걸어갔다가 다시금 있던 자리로 되돌아왔고, 예식장 건물 뒤편으로 걷다가 막다른 길을 마주하고서야 주변을 두리번거렸습니다.

아무리 바쁜 일이어도 택시를 타는 일은 좀처럼 없는데 어머니는 도로변에서 택시를 잡았습니다. 택시에서 내려 멀리 집이 보일 때 즈음에야 어머니는 나를 내려다보며 물었습니다.

멀미는 좀 가라앉았어?

어머니의 표정이 다시 평소처럼 되돌아온 것을 나는 금방 알아보았습니다.

응. 근데 엄마 단추가 떨어졌어.

보자. 그러네. 어디서 떨어졌지? 이렇게 큰 단추가 집에 있나. 찾아봐야겠다.

그사이 대문은 파란색으로 새로 칠해져 있었습니다.

만지지 마라. 페인트 묻는다.

대문을 열어주러 나타난 아버지의 얼굴은 페인트 자국으로 얼룩덜룩했습니다. 반쯤 소매를 걷어붙이고 있었는데 팔뚝에도, 목덜미에도, 바지와 티셔츠에도 파란 페인트가 묻어 있었습니다.

페인트칠한다고 헌 집이 새 집이 돼. 다 소용없는 짓이야. 다 무너져가는 이런 집도 집이라고.

어머니는 아버지에게 그렇게 쏘아붙인 뒤 집으로 들어오자마자 안방 선반에서 동그란 반짇고리를 내왔습니다. 그런 뒤엔 크기와 모양이 비슷한 단추를 골라냈고, 바늘귀에 실을 꿰어 단추를 달기 시작했습니다.

홍아, 가서 물 한 잔 떠올래?

나는 물 한 잔을 가져와 어머니 앞에 내려놓은 뒤 내 방으로 들어왔습니다. 어쩐지 물기로 반들반들해진 어머니의 두 눈을 바라보는 게 자신이 없어서였습니다.

그날 밤 어머니는 밤새 먹은 것을 모두 게워냈

습니다. 어머니가 화장실을 들락거리는 기척이
내 방에서도 또렷하게 들렸습니다.

왜 그래? 속이 안 좋아? 도대체 뭘 먹은 거야?

홍이 아빠, 동네 사람들이 우리더러 뭐라고 하
는 줄 알아? 돌아서면 다 손가락질해.

누가 손가락질을 한다고 그래, 우리가 무슨 잘
못이 있다고.

왜긴 왜야. 이 집 사람들을 우리가 쫓아냈다고
생각하는 거지.

우리가 왜 쫓아내? 집 넘어가게 둔 놈이 잘못
이지. 경매로 나온 집 사는 게 욕먹을 일인가. 도
대체 누가 그런 말을 해.

목소리 낮춰. 홍이가 들어.

나는 나지막하게 대화를 주고받는 두 분의 목
소리를 들으며 오래 잠들지 못했습니다.

이후 한동안은 우리 집 담벼락에 몰래 쓰레기
를 갖다 버리는 사람들 때문에 골머리를 앓았습
니다. 어머니와 남일동 큰길을 오갈 때면 어딘가
모르게 데면데면해지는 이웃들의 태도가 어린 내
게도 선명하게 전해졌습니다. 하루가 멀다 하고

어울려 놀던 가겟집 애들과 서먹서먹해진 것도 그 무렵입니다.

그리고 나는 깨달았습니다.

어머니가 결혼식장에서 먹었던 싸구려 뷔페 음식을 토해내던 그날, 이 집이 어머니를 슬프게 만든다고 생각했던 그 밤에, 집을 가진다는 것이 누군가에게는 즐겁고 기쁘기만 한 일은 아니라는 것을 말입니다.

*

남일동 마녀시장이 시작된 그해 겨울은 몹시 추웠던 것으로 기억합니다.

11월 말이 되자 비닐 천막으로도 바람을 막을 수가 없어 결국 이듬해 봄까지 시장은 중단되었습니다. 그리고 12월 초에 수아의 취학 통지서가 나왔습니다.

미성초등학교.

수아는 남일동 끄트머리에 위치한 초등학교에 배정되었습니다. 거리로 보면 중앙동 쪽 초등학교가 훨씬 가까운데도 버스를 타고 네댓 정거장을 가야 하는 학교에 배정이 된 것이었습니다.

이상하네요. 착오가 있었던 거겠죠? 누가 봐도 중앙초등학교가 훨씬 가깝잖아요.

주해는 누군가의 단순한 실수라고 여기는 듯했습니다. 그래서 얼마든지 바로잡을 수 있다고 생각하는 듯 보였습니다.

어머님, 무슨 말씀이신지는 알겠는데요. 여기 중앙동 쪽은 분위기가 많이 다릅니다. 아무래도 다른 동네 아이들은 받지 않는 분위기라서요.

그러나 애매한 대답만을 반복하는 교육청 담당자와의 통화에 지칠 대로 지친 끝에 중앙초등학교에 전화를 걸었고 그 사람에게서 그런 확실한 이유를 들은 뒤에야 주해는 내게 이렇게 물었습니다.

홍이 씨, 중앙초등학교는 중앙동 애들만 받는 거예요? 정말 그래요?

초등학교 배정에 관해서라면 아는 바가 없었으므로 나는 이렇다 할 대답을 하지 못했습니다. 아니, 무슨 일인가 하고 나와 주해를 빤히 바라보는 수아 탓에 가능한 남일동과 거리를 두려 하는 중앙동 사람들에 대해 솔직하게 말할 순 없었습니다.

이모, 난 괜찮아. 미성초등학교가 더 좋아. 진짜야.

주해가 잠시 자리를 비운 사이 수아가 내게 그렇게 소곤거리지 않았다면 주해와 함께 중앙초등학교까지 갈 생각은 못 했을 것입니다. 어쨌든 초등학교를 다니는 6년간 수아가 먼 거리를 오가야 할 테니까. 그 학교를 졸업하고 나면 또 남일동 어딘가의 중학교로 진학할 테니까. 수아가 사는 동안엔 꼬리표처럼 졸업한 학교들이 따라다닐 테니까.

그러니까 수아가 남일동과는 아무런 상관없는 학교에 진학했으면 하는 마음이 내 안에도 있었던 것입니다. 내 부모를 비롯한 중앙동 사람들이 비밀스럽게 공유하는 그런 마음이 내게도 분명 있었던 것입니다.

그럼에도 중앙초등학교의 주홍색 담벼락과 널찍한 교문 너머 푸릇푸릇한 인조 잔디가 보이기 시작하자 다시금 주저하는 마음이 되었습니다.

아이 입학 때문에 왔는데요.

교문 앞을 지키던 경비는 행정실로 가라고 일러주었습니다. 우리 사정을 들은 행정실 직원은 2층 교무실로 가라고 말했습니다. 아이까지 대동하고 온 한낮의 불청객을 반겨주는 사람은 아무도 없었습니다. 모두 말은 안 해도 남일동에서 온 성가시고 귀찮은 사람 취급하는 기색이 역력했습니다.

저희 집이 중앙동 사거리 너머 바로거든요. 거리로는 이 학교가 제일 가까운데 아이가 미성초등학교로 배정이 되었더라고요. 혹시 변경할 수 있을까 하고 왔어요.

무슨 일인가 하고 용건을 묻던 교사들도 난처한 얼굴로 다른 누군가를 찾기 바빴습니다. 몇 사람이 더 다녀간 뒤에도 우리 셋은 교무실 출입문 쪽에 계속 서 있어야 했습니다. 그런 식으로 내버려두면 틀림없이 포기하고 돌아갈 거라고 생각하는 사람들의 의도를 모르지 않았으므로 어쩐지 점점 화가 치밀었습니다. 자기네들끼리는 무슨 말인가를 주고받으면서도 우리를 본체만체하는 그곳 사람들의 태도가 괘씸해서였습니다. 오직 수아만이 이리저리 오가는 아이들과 교사들의 모습을 신기한 듯 바라보고 있었습니다.

어머님, 이쪽으로 오시죠.

한참 만에 교감이라는 남자가 나왔고 그가 조그마한 상담실로 우리를 안내했습니다. 교무부장이라는 남자가 종이컵에 차를 내왔습니다. 나는 비릿한 종이 맛이 나는 녹차를 홀짝거리며 그 사람들이 하는 말을 들었습니다.

아이들이 어리니까 아무래도 가까운 학교에 다니면 제일 좋죠. 저도 애 키워봐서 그 마음 백번 압니다. 근데 학교 배정 문제라는 게 그렇게 간단하지가 않거든요. 사실 그 거리라는 게 엄청나게 차이가 나는 것도 아니고요. 또 여긴 학생 수가 딱 정해져 있어서 애들을 더 받는 게 현실적으로 힘든 부분이 있고요.

교무부장이 말을 시작하면,

행정 절차라는 게 학부모님들 생각하는 것처럼 딱딱 떨어지는 게 아닙니다. 지난주에도 학부모님 두 분이 다녀가셨는데 내가 그분들한테도 같은 말씀을 드렸습니다. 우리 학교 오겠다는 애들 돌려보낼 때 제 마음이 오죽하겠습니까. 우리 선생님들도 아주 곤란한 입장입니다.

교감이 한두 마디씩을 더 보태는 식이었습니다. 듣다 보면 하소연에 가까운 말들이었고 어쨌든 자신들의 탓은 아니라는 식으로 책임을 전가하는 말들이었습니다. 에두르고 에둘러서 하는 말들이었지만 할 수 있는 것도 없고 할 마음도 없으니 그만 돌아가 달라는 요구나 다름없었습니다.

배정 변경이 불가능한 건 아니잖아요.

주해는 그 사람들의 이야기가 다 끝나고 나서야 입을 열었습니다.

어머님. 불가능하다 가능하다 그런 말씀을 드리는 게 아니고요. 처음부터 이 학교 배정이라는 게 거리로 정해지는 게 아니거든요. 이게 동네마다 분위기가 다른 데다가 학부모 의견도 있고 해서 저희가 임의로 할 수가 없어요.

절대 안 되는 건 아니잖아요.

어머님, 이게 그렇게 간단한 문제가 아니라니까요. 1학년 학급에 애들이.

주해는 교무부장의 말을 끊고 이렇게 되물었습니다.

선생님, 솔직하게 말씀드릴게요. 저는 혼자 애를 키우고 있어서 다른 부모들처럼 매일 차로 등하교 시킬 형편이 안 돼요. 이제 여덟 살인 애가 버스로 서너 정거장 떨어진 학교에 다녀야 하는 게 당연한 일이에요? 선생님 자식이었으면 어떻게 하셨을까요? 저처럼 하지 않으셨을까요? 저희가 남일동이 아니라 중앙동에 살았어도 이렇게 말씀하셨을까요?

교무부장이라는 남자는 한 대 얻어맞은 표정으로 교감을 바라보았습니다. 그리고 교감이 무슨 말인가를 하려고 할 때 수아가 소곤거렸습니다.

엄마, 나 여기 학교 안 와도 돼. 엄마, 나 진짜 괜찮아.

그 말이 주해의 마음에 불을 붙인 게 분명했습니다. 주해의 얼굴에서 표정이라고 할 만한 게 순식간에 사라졌습니다. 주해는 차분한 목소리로 교육청에 정식으로 문제를 제기하겠다고 말했습니다. 그곳에서도 납득할 만한 답변을 얻지 못한다면 교육부에 직접 가서라도 제대로 된 답을 듣겠다고 했습니다.

아이고, 어머님. 저희가 뭐 싫어서 그럽니까. 방침이 그러니 그런가 보다 하는 거지요. 오늘은 일단 돌아가시지요. 저희가 좀 알아본 뒤에 다시 연락을 드리겠습니다.

주해가 그렇게까지 말할 줄은 몰랐는지 교무부장은 놀란 표정으로 그렇게 말했습니다. 무슨 말을 하려는 교감을 저지하고 상담실 밖까지 우리를 배웅한 것도 그 사람이었습니다. 그 한 사람의 잘못이 아니라는 건 나도 주해도 모르지 않았습니다. 그러나 속이 빤히 들여다보이게 행동하는 게 얄미워서 나는 이렇게 으름장을 놓아버렸습니다.

연락 없으면 저희 다시 올 거예요. 교육청 게시판에 글을 올리든지 교육부에 민원을 넣든지 할거라고요.

교무부장은 당황한 기색이 역력한 얼굴로 헛웃

음을 웃다가 틀림없이 연락을 주겠다며 거듭 약속했습니다.

남일동 쪽은 아직이죠? 내년 봄 되면 무슨 말이 있으려나. 아직은 조용하네요. 아무튼 남일동이 좀 어떻게 되어야 이 학교 배정 문제도 좀 잠잠해질 텐데요. 저희도 죽겠습니다. 조심히 가십시오. 연락드리겠습니다.

건물 입구까지 따라 나온 그는 깍듯하게 인사를 하고 돌아섰습니다. 수아의 손을 잡은 채 정신없이 걷는 주해를 뒤따라가느라 그 사람의 말은 금방 잊었습니다.

근처 분식집에 자리를 잡고 나서야 주해의 얼굴은 다시금 평소처럼 되돌아와 있었습니다.

진짜예요? 교육청에 찾아간다는 거?

떡볶이 양념 속에서 흐물흐물해진 파와 양파 같은 것을 골라내며 내가 물었을 때 주해는 주저하듯 말했습니다.

수아가 보잖아요. 애가 보고 있다고 생각하면. 모르겠어요. 뭐든 하게 돼요.

그 말이 무슨 의미인지 다 알 수는 없었습니다.

다만 그렇게 말하는 주해에게서 오래전 내가 목격했던 어머니의 모습이 잠깐씩 겹쳐졌습니다. 그러면 이상하게도 당시에는 결코 알 수 없었던 어머니의 마음을 조금은 알 것 같은 기분이 들었습니다.

교무부장이라는 사람에게서 전화가 온 건 그로부터 보름이 지난 뒤였습니다. 예외적인 상황이고, 드문 경우이긴 하지만 수아의 입학을 허락한다는 내용이었습니다.

그리고 12월이 가기 전 주해에게도 기회라고 할 만한 게 찾아왔습니다. 오래전 내 아버지가 말했던, 사는 동안 누구에게나 한 번은 온다는 기회가 주해에게 온 것이었습니다.

*

아버지가 처음 경매로 샀던 그 파란 대문 집을 팔고 나서 우리 가족은 두 번 더 이사했습니다. 그런 후에도 남일동을 벗어나는 일은 멀고 멀어보였습니다.

파란 대문 집을 떠나 이사한 집은 그곳에서 얼마 떨어져 있지 않은 2층 주택이었습니다. 단층이던 파란 대문 집에 비하면 조금 더 넓은 편이었지만 골목 안쪽인 데다 2층에 세 들어 사는 사람이 나가겠다고 하면 새로운 세입자를 구하기 위해 한 달이 넘도록 온 동네에 전단지를 붙이고 다녀야 할 정도로 낡은 집이긴 마찬가지였습니다.

무리하게 냈던 은행 대출 상환금과 이자, 조금씩 불어나는 이런저런 비용을 메우기 위해 그 무렵에는 어머니도 정기적으로 일을 나갔습니다. 아버지가 조달청 일을 그만두고 본격적으로 경매에 매달리기 시작한 것도 그즈음입니다.

아버지가 고장 난 집 여기저기를 손보고 수리하면 어머니가 그 집에 들이는 사람들을 관리하는 식으로 두 분의 역할이 분명하게 구분된 것도 그 무렵의 일이었습니다.

자꾸 사정 말할 거 없어요. 사정 없는 사람이 어디 있나요? 우리도 매달 나오는 월세가 생활비의 반인데, 그걸 안 주면 어쩌자는 거예요?

세입자를 몰아붙이듯 하는 어머니의 모습을 자

주 보게 된 것도 그때부터입니다.

홍이 엄마, 아무리 세 사는 사람이고 한번 들어왔다가 나가면 그만이라지만 그러면 안 되는 거야. 손바닥만 한 동네에 어디에 누가 사는지 빤한데 그렇게 매몰차게 할 거 있어? 안 좋은 소리 나봐야 홍이 엄마만 손해지.

이따금씩 동네 사람들이 하는 그런 충고에도 어머니는 더는 신경을 쓰지 않는 것처럼 보였습니다.

좋은 소리만 듣고 살면 저도 좋죠. 누가 몰라서 그러나요. 사정도 모르면서 이 말 저 말 하실 거 없어요.

그래서 상대가 누구든 그렇게 대꾸하고 얼른 자리에서 일어날 수 있었던 것이겠지요.

도대체 내 부모는 왜 그토록 집을 가지고 지키는 데에 혈안이 되어 있었던 걸까요. 당신들의 기대와 바람을 보란 듯 배반하며 어김없이 실망과 좌절만을 되돌려주던 집에 대한 애착을 왜 놓지 못했던 걸까요.

한번은 늦은 밤 귀가하는 어머니를 본 적이 있

습니다.

사서가 두어 번 더 채근하고 나서 도서관을 나섰으니까 아마 밤 아홉 시가 조금 넘은 시각이었을 겁니다. 세차장에서 세차하는 일을 마치고 저녁 일곱 시 무렵엔 귀가했던 어머니였기 때문에 나는 앞서 걷는 사람이 어머니일 거라고는 생각하지 못했습니다.

나는 앞서가는 조그마한 그림자를 힐끔거리며 그 뒤를 따라갔습니다. 가로등 아래를 지날 때마다 그림자는 잠깐씩 선명해졌고 다시 어둑어둑한 풍경 속으로 잠기길 반복했습니다. 그림자는 좁은 골목으로 접어들었고 마침내 우리 집 앞에서 걸음을 멈추었습니다.

그제야 그 작은 그림자가 어머니라는 걸 깨달을 수 있었습니다.

어쩐지 다가가기가 망설여진 탓에 나는 멀찌감치 서서 어머니를 지켜보았습니다. 어머니가 먼저 들어가면 아무렇지 않은 듯 뒤따라 들어갈 생각이었습니다. 어머니는 한참 동안 우리 집을 올려다보기만 했습니다. 아니, 어둠 속에서 어마어마하게 커진 집이 우두커니 어머니를 내려다보고 있었습니다.

왜인지 내 눈에는 금방이라도 와르르 허물어질지도 모르는 그 집을 자그마한 어머니의 그림자가 간신히 막아내고 있는 것처럼 보였습니다.

결국 내가 다가가 어머니를 불렀습니다. 어머니는 나를 보곤 정신을 차린 듯 서둘러 대문을 열었습니다. 그런 후엔 아무 일도 없었던 것처럼 옷을 갈아입고 손을 씻은 뒤 이런저런 집안일을 하며 바쁘게 움직였습니다.

그 밤, 우리 집을 올려다보던 어머니의 마음은 도대체 어떤 것이었을까요. 왜 들어갈 생각은 않고 하염없이 집을 바라보는 데에 정신이 팔려 있었던 걸까요.

오랜 시간이 더 지난 후에야 나는 그 밤 어머니를 사로잡고 있었던 것이 두려움이 아니었을까 생각해보게 되었습니다. 도무지 손안에 쥐어지지 않고, 어떻게 해도 온전히 자신의 것이 되지 않는 그 집을, 그럼에도 결코 포기가 되지 않는 자신의 마음을 어머니는 두려운 마음으로 올려다보고 있었던 게 아닐까 생각하게 된 것입니다.

오기와 고집, 집념과 집착에 가까운 그 마음은 나라는 사람이 결코 이해할 수 없는 것인지도 모릅니다. 어쩌면 그건 집이 가져다주는 빛과 그늘을 헤아리는 사람만이 가질 수 있는 것인지도 모르지요.

홍이 씨, 들었어요? 아직 못 들었죠? 나도 요 앞 미용실에서 지금 들었어요.

수아의 초등학교 입학을 몇 주 앞둔 어느 날 주해는 남일동에 재개발추진위원회가 들어선다는 소식을 전했습니다. 가파른 언덕을 뛰듯이 올라왔는지 내내 가쁜 숨을 몰아쉬는 주해에게서 오래된 기름 냄새와 비릿한 세제 냄새 같은 게 났습니다.

재개발요?

나도 방금 들었어요. 미용실 앞에서요.

그럼 어떻게 되는 거예요?

잠든 수아를 깨우지 않으려고 나는 목소리를 낮춰 대꾸했습니다.

수아야, 엄마 왔어. 일어나봐.

주해는 내 말엔 대답도 않고 곤히 자는 수아를 깨우기 시작했습니다.

수아야, 앞으로 수아랑 엄마랑 멀리 이사 안 가도 돼. 수아 중학교 가기 전에 여기 아파트 들어오면 거기서 수아랑 엄마랑 살 수 있어. 엄마 말 무슨 말인지 알아? 너무 좋지? 그지?

잠이 덜 깬 수아는 어리둥절한 얼굴로 주해와 나를 번갈아 보았습니다. 내가 만류하는데도 주해는 냉장고에서 캔맥주 두 개를 꺼내 왔습니다. 맥주 한 캔을 금세 비우고 다시금 맥주 한 캔을 더 가져오는 주해는 신이 난 아이처럼 보였습니다. 남일동이 개발된다는 이야기와 개발 이후 이곳 아파트 입주권이 나올 거라는 이야기를 반복하는 주해의 목소리는 자꾸만 더 커졌습니다.

잘됐죠? 잘됐죠?

주해의 두 눈이 기대감과 놀라움으로 일렁거렸습니다.

그러게요. 잘됐네요.

나는 고개를 끄덕이며 맞장구를 쳤습니다. 재개발이니 재건축이니 말은 많아도, 정작 이곳에

서는 제대로 진행된 적이 없고, 이번에도 흐지부
지될 거라는 말은 차마 할 수가 없어서였습니다.
나는 캔맥주를 반쯤 남기고 일어났습니다.

비탈진 큰길을 내려오면서 잠깐씩 돌아보는 남
일동은 얼마간 익숙하고 또 얼마간 낯설어 보였
는데 그날처럼 그곳이 무시무시하고 지독하게 느
껴진 적이 없습니다. 수없이 많은 사람들이 드나
들었지만 끄떡도 하지 않고 지금껏 그대로인 남
일동의 진짜 얼굴을 비로소 목격한 기분이 들었
습니다.

그러니까 그 순간 나는 남일동이 내 부모의 마
음 깊숙이 드리웠던 감정을 떠올렸던 것입니다.

이곳을 떠나려는 사람이나, 남으려는 사람이
나. 어쨌든 여기 사는 동안엔 안고, 견디고, 마주
해야 하는 두려움의 감정을 새삼 상기하게 된 것
입니다.

오래전 어머니로 하여금 집 앞에 서서 멍하니
집을 올려다보게 만들었던 그 조마조마한 마음이
여전히 이곳에 남아 있다는 것을. 여기 사는 한
그런 마음에서 결코 벗어날 수 없다는 것을. 그런

것들은 저절로 사라지거나 없어지지 않고, 끝없이 누군가에게 옮아가고 번지며, 마침내 세대를 건너 대물림되고 또 대물림될 거라는 것을 깨닫게 된 것입니다.

*

재개발추진위원회 사무실은 제일약국 2층에 마련되었습니다.

간판 대신 걸어둔 현수막은 작은 바람에도 요란하게 펄럭거렸습니다. 고개를 들면 창 너머로 북적거리는 사무실 내부의 모습이 보였다가 말다가 했습니다.

어디 한두 번이야. 이번에도 엎어질 거다. 두고봐라.

소식을 전해 들은 아버지는 대수롭지 않은 듯대꾸했고, 심드렁하기는 어머니도 마찬가지였습니다. 그러나 매일 남일동을 오가는 나는 달라지는 그곳의 변화를 실감할 수 있었습니다.

이모, 이모도 얼른 여기로 이사 와. 그럼 같은

아파트에 살 수 있잖아.

무엇보다 늘 속을 알 수 없는 것처럼 보이던 수아의 두 눈이 어린아이가 가질 만한 설렘과 흥분으로 반짝이게 된 것은 기분 좋은 일이었습니다. 그 무렵에는 주해도 의욕적으로 레스토랑 일에 매달렸습니다. 조리사 자격증을 준비하고, 정직원 시험에 응시하겠다는 구체적인 목표를 세우기도 했습니다.

3월 초, 수아는 중앙초등학교에 입학했습니다.

입학식 날 아침 나는 주해네 집으로 갔습니다. 이모가 꼭 동행해주었으면 한다는 수아의 부탁이 있었기 때문입니다. 이른 시간인데도 좁은 주방은 밥솥 압력 추 돌아가는 소리로 시끄러웠습니다. 참기름 냄새와 식초 냄새, 달큰한 간장 냄새 같은 것들이 뒤섞인 주방은 후텁지근하다 싶을 정도였습니다.

아침은 먹여서 보내려고요. 홍이 씨도 어서 앉아요.

간소하게 보이지만 손이 많이 가는 음식들로 차려진 밥상 앞에 앉으니 새삼 학부모가 된 주해의 떨리는 마음이 느껴졌습니다.

주해는 밥을 뜨다 말고 반찬을 집다 말고 자꾸만 수아를 보며 당부했습니다.

선생님 말씀 잘 듣고 친구들이랑도 사이좋게 지내고 알았지?

그때마다 수아는 걱정 말라는 듯 고개를 끄덕였습니다. 식사가 끝난 뒤엔 주해와 내가 수아를 학교까지 데려다주었습니다. 집에서 나와 비탈진 큰길을 내려온 뒤, 도서관을 지나 사거리가 나올 때까지 걷고, 거기서 횡단보도를 건너면 중앙동이었습니다. 아파트 단지 샛길로 가면 금방 학교 담벼락이 보였습니다.

이따가 이모가 데리러 올 거야. 교실 못 찾겠으면 선생님들한테 여쭤보면 돼. 알았지? 수아, 엄마가 항상 뭐 조심하라고 했지?

차 조심!

선생님 말씀 잘 듣고, 친구들이랑.

사이좋게 지낸다!

수아는 주해와 내게 손을 흔들고 학교 안으로 씩씩하게 걸어 들어갔습니다.

첫날인데 교실까지 가봐야 되지 않을까요?

학부모 대부분이 아이의 손을 잡고 학교 건물 안까지 들어가고 있었으므로 걱정스런 마음이 들었습니다.

어차피 이제 혼자 다녀야 하잖아요. 수아, 혼자 잘해요. 이제 여덟 살이니까 스스로 해야죠.

그러면서도 주해는 운동장을 가로질러 가는 수아의 조그마한 뒷모습에서 눈을 떼지 못했습니다. 한참 만에 수아가 건물 안으로 사라지고 나서야 나와 눈을 맞추고 말했습니다.

고마워요, 홍이 씨.

그리고 그 주에 마녀시장이 다시 열렸습니다.

물건을 팔러 나오는 사람들의 수는 엇비슷했고 사소한 불만들도 여전했지만 사람들의 말투나 태도는 한결 누그러진 듯 보였습니다. 어쩌면 봄이라는 계절이 몰고 온 변화였는지도 모릅니다. 그해엔 꽃들이 일찍 개화했습니다. 약국 앞에 볼품없이 서 있던 나뭇가지에서도 희고 둥근 봉오리가 움트는 게 보였습니다. 한 주가 더 지나자 주먹만 한 봉오리 끝이 여러 겹으로 쪼개지고 갈라

지면서 꽃이 피었습니다.

그 나무가 목련나무라는 것을 그때 처음 알았습니다.

사람들은 자주 걸음을 멈추고 사진을 찍었습니다. 한번은 사진을 찍으려고 나무 아래 서 있던 사람들이 주변 사람들을 불러 모으기 시작했습니다.

여기 와서 잠깐 서요. 다들 와요. 단체 사진 한 장 찍지 뭐. 애기도 이리로 와봐. 새댁도 이리 와서 서봐요. 빼지 말고 얼른들 와.

사람들은 약국 앞 간이 테이블을 지키고 있던 나와 주해, 수아에게까지 손짓했습니다. 사진을 찍는 사람이 자꾸만 더 붙어 서라고 소리치는 탓에 사람들과 바짝 붙어 서면서도 좀처럼 쑥스럽고 어색한 기분을 떨쳐낼 수가 없었습니다.

그 사진은 아직 내 휴대전화 안에 있습니다. 확대해서 보면 봄이어서 알레르기가 올라온 내 얼굴이 울긋불긋합니다. 곁에 선 주해의 표정은 얼떨떨하고 반쯤 눈이 감긴 수아의 얼굴도 이상해 보이긴 마찬가지입니다. 단체 사진이라는 것이 그렇듯 모든 게 어색하고 낯설어 보여서 우스꽝스럽게 느껴지기까지 합니다.

그러나 한 번씩 문득 꺼내 보면 이전에는 보이지 않던 것들이 보이기도 합니다.

이를테면 길고 긴 겨울이 물러나고 드디어 봄이 왔다는 안도감. 도무지 바뀌지 않을 것 같은 이 동네가 이번에는 틀림없이 변할 거라는 확신. 이전에 없던 어떤 활기나 결속력 같은 것들이 둥 그렇게 모여 선 사람들을 커다랗게 감싸고 있는 것을 분명히 확인할 수 있습니다.

*

5월이 시작되고 얼마 후 주해는 재개발추진위원회에서 정식으로 일하기 시작했습니다.

위원장과 위원 몇 사람을 제외하면 두 명의 직원이 전부여서 그 전까지는 주해를 비롯한 동네 사람들이 잠깐씩 일을 봐주곤 했습니다. 그렇게는 도저히 안 되겠는지 5월이 되기 전에 채용 공고가 났고 주해와 다른 동네 사람 하나가 임시직으로 뽑힌 거였습니다.

그 무렵엔 나도 새로 직장을 구하느라 바빠졌습니다. 그래서 더는 수아를 이전처럼 돌볼 수가 없게 되었습니다.

홍이 씨, 신경 쓸 거 없어요. 이제 동네에서 일하는데요, 뭐. 수아는 내가 얼마든지 볼 수 있어요.

주해는 그렇게 말했지만 여전히 나를 찾는 일이 많았습니다. 남일동에 사는 모든 사람이 재개발 계획을 달가워할 리 없었으므로 한 번씩 작정하고 사람들이 찾아오면 몇 시간이고 끝이 나지 않는 대화에 진을 빼야 했습니다. 느닷없이 말다툼이 벌어지고 그것이 주먹다짐으로 이어지는 경우도 적지 않았습니다. 순찰차가 오고 경찰이 만류하는데도 보란 듯 목소리를 높이는 사람들 탓에 제일약국 약사가 난처해하는 일도 잦았습니다.

한번은 집에 잠시 들러달라는 주해의 연락을 받은 적이 있습니다.

늦은 오후였고 내가 막 면접을 마치고 나왔을

때입니다. 설립된 지 10년이 넘은 회사이고 직원 수가 서른 명이 넘는다고 했지만 사무실은 한눈에 보기에도 비좁았습니다. 지하철역에서 5분 거리라던 회사 건물은 15분을 걸어도 나오지 않았고, 어렵게 찾아간 사무실에서는 면접 시간이 지나도록 기다리라는 말뿐이었습니다.

40분이 더 지나고서야 누군가 회의실 문을 열고 들어오라고 손짓했습니다.

최홍이 씨, 지난 회사에서는 1년 정도 일하셨네요. 왜 그만두셨는지 물어봐도 될까요?

최홍이 씨, 만약 비슷한 일이 또 생긴다면 어떻게 하실 건가요?

최홍이 씨, 팀워크를 해치는 사람이 있다면 뭐라고 하시겠습니까?

나는 뭐든 솔직하게 답하려고 했습니다. 그럴수록 질문은 점점 더 노골적이고 무례해졌습니다. 나중엔 거기 앉은 사장과 부장, 과장이라는 사람 모두가 나를 사회 부적응자 취급하는 듯했습니다.

홍이 씨, 수아가 자꾸 보채는데 잠깐 들러줄 수

있어요? 위원장님이랑 다른 동네에 왔는데 문제가 있어서요. 오늘 좀 늦을 거 같아요.

나는 거절할 생각이었습니다. 목덜미에 열이 오르기 시작한 데다 눈이 빠질 것처럼 두통이 몰려오기 시작했습니다. 자욱하게 깔린 노을 탓에 어디로 왔는지, 어떻게 가야 하는지, 머릿속이 하얗게 질린 기분이었습니다.

매번 부탁해서 미안해요. 근데 수아가 계속 전화를 하네요. 이런 애가 아닌데. 울었는지 목소리도 잠겨 있고 걱정이 되어서요.

수아가 울어요? 왜요?

수아는 좀처럼 울지 않는 아이이고 제 엄마 앞에서는 더욱더 울지 않으려는 아이였으므로 나는 그러겠다고 했고 곧장 주해네 집으로 갔습니다.

수아는 마루에 앉아 어둑어둑하게 저무는 마당을 내다보고 있었습니다. 그날따라 아이의 실루엣이 너무 조그마해서 늘 좁게만 보였던 그 집이 갑자기 커진 것 같았습니다.

수아 뭐 하고 있어? 엄마가 늦는대서 이모가 대신 왔어. 저녁은 먹었어? 엄마가 해놓고 간 거

있잖아. 안 먹었어?

수아는 고개를 끄덕이며 마당의 한곳을 가만히 내려다보기만 했습니다. 표정이 풍부하고 동작이 큰 아이인데 그날은 꼼짝도 하지 않고, 나와 눈을 맞추지도 않고, 마당의 한 귀퉁이만을 노려보고 있었습니다. 다시금 속을 알 수 없는 사람처럼 변해버린 수아가 안쓰러워서 나는 일부러 목소리를 높였습니다.

수아야 우리 나갈까? 이모랑 나가서 뭐 맛있는 거 먹을까?

그런 뒤엔 미적거리는 수아의 손을 잡고 집을 나섰습니다. 남일동에는 갈 만한 가게가 별로 없는 데다 그날은 아는 사람들과 마주치는 게 싫어서 수아를 데리고 중앙동까지 걸어갔습니다.

이모, 여기 길 건너면 중앙동이야? 길 안 건너면 남일동이고?

사거리 횡단보도 앞에서 수아가 그렇게 물었던 기억이 납니다.

길 건너면 왜 중앙동이야?

의아하다는 듯 이쪽과 저쪽을 번갈아 보던 수

아의 눈빛도 생각납니다.

수아와 나는 작은 수제 햄버거집에 자리를 잡았습니다. 주문한 음식은 금방 나왔습니다. 다행히 햄버거와 감자튀김, 미니 파스타를 맛보는 수아의 표정이 조금씩 밝아졌습니다. 고개를 돌리고 창 너머로 오가는 사람들을 바라보는 수아의 두 눈이 다시 호기심으로 반짝거리기 시작했습니다.

이모, 있잖아. 이모 남민 뭔지 알아?

그리고 내가 햄버거를 거의 다 먹어갈 때 즈음 수아가 내 눈을 보며 물었습니다. 나는 접시 한쪽에 케첩을 조금 더 짜주며 말했습니다.

난민? 난민 알지. 오늘 학교에서 배운 거야?

아니, 난민 아니고 남민. 난 아니고 남. 남민 말이야.

남민? 몰라. 남민이 뭔데?

이모 몰라? 진짜 몰라? 남일도에 사는 난민이라는 말이잖아.

나는 소스가 흘러내리는 햄버거를 내려놓고 입가를 닦았습니다. 남민이라니. 도대체 그런 해괴

한 말을 어디서 누구에게 들었느냐고 물으려는데 수아가 브로콜리 조각 하나를 집어 먹으며 중얼 거렸습니다.

오늘 애들이 나한테 남민이라고 놀렸어. 그래 서 속상했는데 지금은 괜찮아.

내 표정이 점점 심각해지는 걸 눈치챘는지 수 아는 감자튀김 여러 개를 한꺼번에 입에 넣고 볼 을 볼록하게 만들어 보였습니다. 어쨌든 엄마인 주해가 알아야 할 이야기라고 생각했고, 주해가 나서야 하는 문제라고 여겼으므로 수아에게는 아 무 말도 하지 않았습니다. 아니, 그 순간에는 무 슨 말을 해야 하는지 하나도 생각나지가 않았습 니다.

애들끼리 뭐 그럴 수 있죠. 아직 애들인데 뭘 알고 그렇게 말하겠어요.

그날 밤 나는 수아가 잠이 들 때까지 기다렸다 가 어렵게 말을 꺼냈습니다. 주해는 이렇다 할 반 응을 보이지 않았습니다. 무슨 일인지 재킷이 온 통 허연 먼지로 뒤덮여 있었는데 그걸 털어내느 라 내 쪽으로는 눈길 한 번 주지 않았습니다.

그런 문제가 아니라니까요. 남민이라니. 그런 이상한 말이 어디 있어요. 아무리 애들이라지만 너무 못됐잖아요. 다시는 그런 말 못 하게 혼을 내줘야 해요.

말을 할수록 화가 치미는 나와는 달리 주해는 시종일관 담담하고 차분했습니다. 감정을 억누른다기보다는 감정이라 할 만한 것들을 마음 깊이 넣어두고 단단히 잠가버린 사람 같았습니다.

애들 다 그래요. 아직 아무것도 몰라서 그렇죠 뭐.

왜였을까요. 남의 일 이야기하듯 속 편하게 말하는 주해가 점점 야속하게 느껴졌습니다.

주해 씨는 속 안 상해요? 애들이 잘못하면 어른들이 가르쳐줘야죠. 학교가 뭐 하는 곳이에요. 그런 거 배우는 곳이잖아요. 그 학교 선생들은 다 뭘 한대요? 다들 정말 뭘 하는지 모르겠어요.

내 언성이 높아지자 주해는 내 곁에 자리를 잡고 앉았습니다.

홍이 씨, 내가 그 학교에 수아를 넣을 때 이런 일을 생각 안 했겠어요? 홍이 씨가 무슨 말을 하는지 나도 알아요. 그렇다고 내가 학교에 가서 따지면 나아질까요? 아뇨. 그랬다면 남일도니 남민이니 하는 말들도 처음부터 생겨나질 않았겠죠. 여기 개발되고 우리 아파트로 이사하면 나아질 거예요. 여기 남일동 일대가 달라지면 이런 일도 더는 없을 거고요.

내가 무슨 말인가를 더 하려 하자 주해는 내 어깨를 다독거리며 말했습니다.

뭐가 옳고 뭐가 그른지 나도 몰라서 이러는 게 아니에요. 홍이 씨, 나도 홍이 씨처럼 수아 키우고 싶어요. 옳다, 그르다. 언제든지 그런 걸 따질 수 있는 사람으로 키우고 싶다고요.

수아를 나처럼 키우고 싶다는 그 말의 의미를 나는 오래도록 알지 못했던 게 틀림없습니다. 그게 내가 아니라 내가 사는 중앙동을 염두에 둔 말이라는 것을, 그게 네가 남일동에 살았다고 해도 그렇게 모든 걸 명명백백하게 따질 수 있느냐는 질문이라는 것을, 나는 시간이 훨씬 더 지난 뒤에야 깨닫게 되었습니다.

*

　파란 대문 집을 떠나 2층 주택으로 이사하고, 상가 딸린 집으로 이사하고, 구식 빌라로 이사한 뒤에도 우리 가족은 남일동을 벗어나지 못했습니다. 내가 초등학교 4학년 때부터 중학교 3학년 때까지. 다섯 번 넘게 이사를 했는데도 남일동을 벗어나는 일은 요원하기만 했습니다.

　걸어가면 10분도 안 걸리는 그 거리를 이동하기 위해 내 부모는 시간과 비용, 마음과 에너지 전부를 집에 쏟아붓고 있었던 것입니다. 내가 중학교 3학년이 되던 해 남일동 일부가 중앙동으로 편입되지 않았다면 남일동을 벗어나는 일은 평생 불가능했을지도 모릅니다.

　그쪽으로는 아예 발길도 마라.

　그랬다면 내 아버지는 그런 말을 소리 내어 하지 않았을지도 모릅니다. 아니, 그런 말을 들을 때마다 거듭 상처받으면서도 끝내 아무런 말도 못 하는 사람으로 남았을지도 모릅니다.

　왜 그토록 남일동을 벗어나는 게 힘이 들었던

걸까요. 어쩌면 남일동은 고개를 돌릴 때마다 그 경계가 커지고 넓어지며, 그래서 악착같이 그곳을 떠나려는 사람을 가로막고 또 가로막는 식으로 지금껏 살아남았는지도 모릅니다. 그러므로 그곳은 행운이나 기적에 기대지 않고는 도저히 빠져나올 수 없는 어떤 곳인지도 모릅니다.

한번은 제일약국 앞에서 사람들에게 둘러싸인 주해를 본 적이 있습니다. 약사와 재개발추진위라고 적힌 조끼를 입은 사람들이 서너 걸음 물러서서 그 소란스런 광경을 멀거니 지켜보고 있었습니다.

그러지 말라는 듯 약사가 손짓하는 게 보였지만 나는 곧장 주해에게 다가갔습니다.

주해 씨, 무슨 일이에요?

벌겋게 달아오른 성난 얼굴 하나가 나를 돌아보았습니다.

누구예요? 이 사람 알아요? 가족이에요?

친군데요.

거기 모인 사람들이 남일동 사람들이 아니라는 건 금방 알 수 있었습니다. 약국 앞에 주차된 차들과 그 사람들의 옷차림, 잠깐씩 고개를 들어 주변을 흘끔거리는 표정 같은 것에서 낯선 기색이 역력했습니다.

친구요? 어떤 친구예요? 이 사람 어떤 사람인 줄 알아요? 이 사람 눈도 깜짝 안 하고 사람도 죽일 사람이에요.

그리고 누군가의 입에서 그런 말이 튀어나왔습니다. 처음엔 재개발에 관련된 갈등이겠거니 생각했습니다. 어쨌든 주해가 감당할 일이 아니라는 생각이 들었고 그 악다구니 속에서 주해를 구해낼 생각이었습니다.

입이 있으면 똑바로 말해봐요. 간호사라는 사람이 병원에서 애들 수면제 먹이고 죽일 뻔했다고 입이 있으면 말해봐요.

그리고 더 놀라운 이야기들이 순서도 맥락도 없이 튀어나왔습니다. 모두 내가 들을 만한 이야기는 아니었습니다. 그건 주해가 인일동에 살 때의 이야기였고 주해 개인의 과거였습니다. 나는 그런 사적인 이야기를 모두가 들으라는 듯 떠들고 있는 그 사람들이 무례하다고 생각했습니다.

여러 사람이 한꺼번에 몰려와 한 사람을 겁박하듯 구는 것도 비겁하게 느껴졌습니다.

우리 애가 네 살인데 아직 제대로 걷지도 못해요. 그런데도 나 몰라라 도망 다니면 그만이에요? 이주해 씨, 정말 이러는 거 아니에요.

전 도망 다닌 적 없어요.

그럼 여기 와서 숨어 사는 건 뭐예요? 피해 보상이니 사죄니 말뿐이지 뭘 했어요? 도대체 뭘 했냐고요?

죄송하다고 말씀드렸잖아요. 피해 보상은 병원에서 다 해드렸고요.

다 해드려? 야, 병원에서 한 게 피해 보상이야? 이게 보상이 될 문제야? 우리가 뭘 해달라고 했어? 본 걸 본 대로, 들은 걸 들은 대로 솔직하게 말해 달라는 게 다야!

그러나 주해를 추궁하는 말들이 이어질수록, 어떤 상황인지 짐작하게 될수록 입을 다물 수밖에 없었습니다.

그럼 제가 뭘 어떻게 해드릴까요? 뭘 어떻게 해야 마음이 풀리시겠어요?

고개를 숙이고 있던 주해가 한참 만에 고개를
들었습니다. 나와 눈이 마주치는가 싶었는데 주
해는 다른 쪽으로 고개를 돌려버렸습니다. 그사
이 동네 사람들은 더 몰려와 있었습니다.

　무슨 일이야? 왜 난리들이야?

　저 집 새댁이 간호사였다네. 뭐 문제가 있었던
모양이지.

　여기저기서 소곤거리는 목소리들이 내 귀에까
지 들렸습니다.

　이보세요. 남의 가게 앞에서 이러지 마시고 어
디 조용한 데 가서 이야기들 하세요. 알 만한 사
람들이 길거리에서 뭐 하는 겁니까?

　결국 그 소란을 끝낸 건 약사였습니다. 좀처럼
큰 소리를 내지 않는 사람인데 굵직한 목소리로
그렇게 소리치자 주변을 기웃거리던 동네 사람들
도 정신을 차린 듯 한마디씩 보태기 시작했습니
다. 나는 재개발 사무실로 올라가 주해의 짐을 챙
겨 내려왔습니다. 그 사람들은 주해네 집까지 쫓
아왔습니다. 주해는 될 대로 되라는 식으로 앞장
서서 골목 안으로 걸어 들어갔습니다.

홀로 집을 지키고 있을 수아 생각에 골목 입구에서 필사적으로 그 사람들을 막아선 건 나였습니다.

애가 혼자 있다니까요. 애가 놀라잖아요. 애가 무슨 죄가 있어요. 왜들 이러세요. 진짜!

저 집이 틀림없어요? 저기가 이주해 씨 사는 집이 맞아요? 확실해요? 확실합니까?

키가 큰 남자가 골목 안까지 들어와 주해네 집을 기웃거렸습니다. 그런 뒤에도 못 미더웠는지 몇 사람이 더 집 앞까지 걸어와 대문 너머를 힐끔거렸습니다. 그때까지도 나는 대문 앞에 서서 그 사람들을 가로막고 있었습니다.

나도 이러는 거 정말 지긋지긋합니다. 그만하고 싶어요. 그런데 또 생각하면 괘씸하고 억울해서 견딜 수가 없어요. 이제라도 그 병원에서 무슨 일이 있었는지 솔직하게 말하라고 하세요. 정말 친구라면 그 정도 이야기는 할 수 있는 거 아닙니까?

사람들은 포기하고 돌아가는 듯하다가도 다시 돌아오고 또 돌아왔습니다. 한두 사람이 성난 사

람들을 다독여 그 골목을 나가기까지 오랜 시간
이 걸렸습니다. 나는 그 사람들이 비탈진 큰길을
내려가 보이지 않게 된 후에야 주해네 집으로 들
어왔습니다.

　주해 씨, 괜찮아요?

　주해는 얼빠진 얼굴로 마루에 걸터앉아 있다가
나를 올려다보며 말했습니다.

　홍이 씨, 미안한데요. 오늘은 그만 가줄래요?
지금은 뭘 더 말할 기분이 아니에요.

*

　그날의 일이 주해에게 얼마간 충격을 주었던
게 분명합니다. 이틀이 지나도록 주해에게선 아
무런 연락이 없었습니다. 주해가 아니면 수아에
게 연락이 올 법도 한데 수아에게도 문자메시지
한 통 없었습니다.

　글쎄요. 요 며칠 사무실에도 안 나오는 거 같
던데요? 기다려봐요. 본인 마음도 뭐 편하겠어요.
시간이 필요하겠지요.

제일약국 약사는 그렇게 충고했습니다. 말은 그렇게 했지만 말투나 눈빛에선 묘하게 냉랭한 기운이 어른거렸습니다. 아니, 그건 내 착각이었는지도 모릅니다. 알 수도 없고 알 필요도 없는, 주해라는 사람에 대한 의혹과 추측 같은 것들이 내 안에서도 자꾸만 자라나고 있었기 때문입니다.

홍아, 너 요즘 남일동 가니? 거기 난리가 났단다. 웬 여자 하나가 사고치고 거기 살고 있는 모양이더라. 사람들이 찾아와서 난리를 치고 갔다는데 괜히 그 동네 들락거리지 마라.

누가 그래?

누가 그러긴. 그 동네 일이야 빤하지. 그 여자가 일하던 병원에서 애가 죽었다나 그렇다더라. 하기야 남일동 골짜기까지 오는 데엔 다 이유가 있겠지. 그러니 똑똑한 사람들이야 벌써 그 동네 다 떠나고 없지. 누가 여태 거기 남아 있어.

엄마, 거기도 많이 바뀌었어. 우리 살 때랑은 달라.

달라봐야 뭐 얼마나 달라졌겠니. 변할 거였으

면 벌써 변하고도 남았지. 자꾸 말할 거 없어. 괜히 쓸데없는 일에 휘말린다.

그날의 소동을 어떻게 알았는지 어머니까지 그러고 나서자 더는 참을 수 없는 마음이 들었습니다. 결국 사흘째가 되던 날 나는 주해네 집으로 갔습니다.

주해는 마당 옆 조그마한 창고 안에서 자질구레한 잡동사니를 끄집어내고 있다가 나를 맞았습니다. 환한 초여름의 햇살 아래 먼지 쌓인 가재도구들이 좁은 마당 한쪽을 차지하고 있었습니다.

수아는요?

며칠 엄마한테 데려다놨어요.

주해는 신문을 깔고 앉아 본격적으로 살림살이들을 정리하기 시작했습니다. 내가 왜 왔는지, 무슨 말을 듣고 싶은지 알면서도 시치미를 떼고 앉은 주해의 뒷모습이 그때처럼 고집스럽게 느껴진 적이 없습니다. 누구에게나 언제나 속을 다 보여줄 듯 다가가던 주해였는데 그날은 내부의 문을 모두 걸어 잠근 사람처럼 말이 없었습니다.

사무실에 안 나갔다면서요?

주해는 나를 등지고 앉아 망가진 액자의 나사를 풀기 시작했습니다.

당분간 나오지 말라고 하더라고요. 재개발 사업이 시작 단계니까 이런저런 말 나오는 게 신경 쓰이나 봐요.

무슨 말이요?

괜히 나 때문에 무산되면 안 되잖아요. 다들 그거 걱정하는 거겠죠.

모서리가 찢어진 돗자리와 줄이 끊어진 기타, 구식 유모차와 가스버너, 크기와 모양이 다른 여행가방과 바구니 같은 것을 잠자코 내려다보다가 나는 한참 만에 용건을 꺼냈습니다.

주해 씨, 그 사람들 또 연락 왔어요? 지난번에 왔던 사람들이요.

연락이야 늘 오죠. 재개발 사무실에도 전화했대요. 나 안 내보내면 재개발이고 뭐고 다 무산시킨다고 했나 봐요.

주해는 커다란 비닐봉투를 펼쳐서 하나씩 접기 시작했습니다. 구겨지는 비닐 소리가 요란했고, 그것이 마치 그만 나가달라는 요구처럼 느껴

졌지만 나는 주해가 그 모든 일을 끝낼 때까지 꼼
짝 않고 기다릴 작정이었습니다.

홍이 씨, 뭐가 궁금해요?

비닐봉투 열댓 장을 말없이 접은 뒤 주해는 나
를 돌아보았습니다. 그리고 한참 만에 입을 열었
습니다.

주해는 인일동 쪽 한 소아과에서 오래 일했다
고 했습니다. 간호조무사로 5년을 일했고 3년 전
그 일이 일어났다고 했습니다. 며칠간 소아과에
서 주사를 처방받은 아이들에게 문제가 생긴 거
였습니다. 가벼운 감기 증상이 있던 아이들이 숨
이 가빠지고 호흡이 곤란해지고 그중 몇몇은 대
학병원으로 이송되는 일까지 벌어졌다고 했습니
다.

왜 그런 거예요?

몰라요.

무슨 말이 그래요?

무슨 말이요?

모를 수가 있어요? 모를 수가 없는 거잖아요.

홍이 씨, 나는 시키는 대로 했어요. 그날도 특

별한 건 없었고요. 애들이 왜 그렇게 됐는지 나도 알고 싶어요. 나도 부모니까 그 사람들 마음 모르진 않아요. 그런데 내가 사실이 아닌 것을 사실이라고 말할 순 없는 거잖아요.

시키는 대로 했다니. 모른다니.

주해의 입에서 그런 말이 나올 거라곤 생각하지 못했으므로 나는 잠시 아연한 기분으로 주해의 얼굴을 바라보았습니다. 주해가 뭔가를 숨긴다고 생각한 건 아닙니다. 다만 그 순간에는 내가 알던 주해가 전혀 다른 사람처럼 느껴졌고 그것이 나에 대한, 또 주해에 대한 실망감으로 돌아왔습니다.

그래도 그건 너무 무책임한 말이잖아요. 주해 씨도 거기 있었을 거 아니에요. 그럼 사실대로 말해줘야죠. 그 사람들한테 솔직하게요.

내가 솔직하게 말 안 했다고 생각해요? 나도 할 만큼 했어요. 그렇다고 내가 하지도 않은 일까지 했다고 말할 수는 없잖아요.

때마침 전화벨이 울렸고 주해가 호주머니에서 휴대전화를 꺼냈습니다. 주해는 멍하니 휴대전화

화면만을 내려다보았습니다. 전화벨은 잠깐 끊어
졌다 다시 울리고 또다시 울렸습니다. 결국 주해
는 내가 보는 앞에서 휴대전화 전원을 꺼버렸습
니다.

왜 안 받아요?

내가 묻고 주해는 답했습니다.

홍이 씨, 여기 재개발되면 나 그 입주권 꼭 가
져야 해요. 홍이 씨도 모르지 않잖아요. 수아 키
우면서 이 동네 사는 거 정말 버겁고 무서워요.
동네는 동네대로 집은 집대로 너무 불안하고요.
그렇다고 당장 다른 동네로 이사 갈 수 있는 형편
도 아니고요. 여기 아니면 갈 데가 없어요. 홍이
씨가 추진위 사무실 가서 좀 말해줄래요? 나 아
무 잘못 없다고요. 인일동 살 때도 그 사람들 나
따라다니면서 정말 죽을 만큼 괴롭혔어요. 홍이
씨가 가서 좀 말해줘요. 나 진짜 여기 아니면 정
말 갈 데가 없다고요.

내가 무슨 대답을 했는지 기억나지는 않습니
다. 다만 주해네 집을 나서는 순간엔 새삼 여기가
남일동이구나, 생각했던 것 같습니다. 내 부모가

벗어나기 위해 그토록 안간힘을 썼던 그곳이 바로 이곳이구나, 실감하게 된 것입니다. 많은 것이 바뀌었다고 생각했지만 그날 집으로 돌아오는 길에 보는 남일동의 풍경은 오래전 내가 보았던 그것과 비슷했고 달라진 게 없는 듯했습니다.

*

그때는 주해에게 왜 그토록 실망스러운 마음이 들었는지 나조차도 알 수 없습니다.

주해의 말처럼 그 일은 주해가 내게 사과할 문제도, 내가 관여할 문제도 아니었는데. 나로선 결코 알 수 없는 일이고 그러므로 그렇게 쉽게 판단을 내릴 수 있는 문제가 아니었는데. 왜 내 마음은 벌을 주듯 주해에게 그토록 냉랭해졌던 것일까요.

주해가 재개발 사무실 사람들과 몇 차례 언성을 높이며 싸웠다는 이야기를 나는 약사에게 전해 들었습니다. 재개발 사무실에선 어떻게든 주해를 내보내려고 하고, 주해는 어떻게든 버티려

고 하고. 좀처럼 좁혀지지 않는 그 간극이 지칠
법한데도 주해는 매일 아침 같은 시간 사무실로
출근했다고 했습니다.

한번은 위원장의 지시를 받은 남자 직원 두 명
이 주해를 끌어내려고 했다고 합니다. 남자 둘이
달려들었는데도 주해가 완강하게 버티는 탓에 뭔
가 깨지고 부서지는 소리가 건물 복도를 쉴 새 없
이 때렸다고 했습니다.

그렇게 안 봤는데 주해 씨도 보통은 아니던데
요?

그 무렵엔 잠잠했던 알레르기가 다시 도지는
듯했으므로 나는 잠깐씩 제일약국에 들러 필요한
약만 사 오는 식으로 남일동을 다녀갔습니다. 누
구를 만나는 것도, 누군가에게 마음을 쓰는 일도,
모든 게 소용없는 짓처럼 여겨져서였습니다.

알레르기가 심해서요.

이런저런 일로 주해가 연락을 하면 그렇게 대
꾸하고 말았습니다. 그렇게 몇 주가 지났을 즈음
주해가 전화를 걸어온 적이 있습니다. 벨은 울리
고 그치길 반복했고 나는 세 번 만에 그 전화를

받았습니다.

홍이 씨, 미안해요. 몸이 안 좋은 거 아는데 연락할 데가 홍이 씨밖에 없어요.

저녁 여덟 시가 넘은 시각이었고 주해의 목소리는 차분했습니다. 주해는 집에 혼자 있는 수아를 잠깐 들여다봐줄 수 있겠느냐고 물었습니다. 나는 거절할 생각이었습니다. 그러나 그때 왔던 그 사람들이 다시 몰려왔고, 어쩌다 보니 인일동까지 왔고, 3년 전 함께 일했던 간호사와 의사를 기다리고 있다는 설명까지 듣고 나자 다시금 어쩔 수 없다는 마음이 들었습니다. 혼자 집에 있는 수아에게 무슨 일이 생기면 그 원망과 자책을 감당할 자신도 없었습니다.

그날 주해는 자정이 가까워서야 귀가했습니다.

어쩐지 내내 내 눈치를 보는 듯하던 수아는 좀처럼 잠이 들지 않고, 주해가 대문을 열고 들어오는 소리를 듣자마자 마당으로 뛰어나갔습니다.

아직 안 자고 있었어? 자고 있으면 엄마 금방 온다고 했잖아.

나는 두 모녀의 상봉을 우두커니 지켜보다가

짐을 챙겼습니다. 주해는 내가 처음 이 집에 왔던 날처럼 골목까지 나를 따라 나왔습니다. 이번엔 내가 앞장섰고 주해가 몇 걸음 떨어져서 뒤따라 왔습니다. 환한 가로등 불빛 덕분에 더는 더듬더 듬 앞을 살피며 걷지 않아도 되었습니다.

홍이 씨, 남일동에 살아본 적 없죠? 집이 없어 서 불안해본 적 있어요?

혼잣말 같은 주해의 목소리가 들리다가 말다가 했습니다.

하긴 그랬다면 홍이 씨가 날 이렇게 도와줄 수 도 없었을 거야.

내가 돌아보자 주해는 웃으며 소곤거렸습니다.

여기 재개발되고 아파트에 살 수 있다고 생각 하니까 머리가 어떻게 되어버렸나 봐요.

주해는 종잡을 수 없는 말을 하고는 캄캄해진 비탈길을 우두커니 내다보았습니다. 그런 후에는 저 아래까지 데려다주겠다며 큰길 아래까지 나를 따라왔습니다. 하고 싶은 말이 있나 싶었지만 주 해는 끝까지 아무런 말도 하지 않았고 그건 나도 마찬가지였습니다.

그게 마지막이었습니다.

주해는 추석을 한 주 앞두고 남일동을 떠났습니다. 이사를 간다는 소식만 전했지 언제라고 알려주지 않았으므로 제대로 인사조차 나누지 못한 셈입니다. 아니, 그건 이사 간다는 소식을 듣고도 날짜를 묻지 않은 내 탓인지도 모릅니다.

이거 홍이 이모한테 꼭 전해주세요.

수아가 그렇게 당부하고 약국에 맡긴 카드는 며칠이 지난 뒤에 내게 전달되었습니다. 카드엔 여덟 살짜리 아이가 쓴 것치고는 반듯한 글씨체로 남일동 아파트로 이사하면 꼭 놀러 오라는 내용이 적혀 있었습니다. 배경에 그려진 이런저런 그림들은 제대로 알아볼 수 없었지만 노란 색연필로 그린 길고 네모난 것이 수아가 상상하는 아파트라는 것은 금방 알 수 있었습니다.

이후 나는 한동안 남일동에 가지 않았습니다. 내 부모의 말처럼 거기 사는 사람들을 제외한 다른 사람들이 그곳에 발길을 하지 않는 이유를 나도 하나쯤 가지게 된 셈이었습니다.

홍이 씨, 우린 잘 지내요. 여기선 오래 살 수 있

도록 해봐야죠. 걱정하지 마요.

주해가 먼 지역으로 이사를 갔다는 소식은 나중에 들었습니다. 보름 만에 통화가 된 주해는 언제 한번 놀러 오라고 했지만 그 말이 진심이 아니라는 건 나도, 주해도 모르지 않았습니다. 인터넷에서 찾아보니 그곳은 병원에 가려면 택시를 타고 30여 분을 가야 하는, 도무지 여덟 살짜리 아이를 어떻게 키울 수 있을까 싶은, 외진 동네였습니다.

*

아버지가 처음 경매로 샀고 우리가 채 2년을 살지 못하고 팔았던 그 집은 오래도록 파란 대문 그대로였습니다.

아버지가 워낙 꼼꼼하게 페인트칠을 한 탓에 오래도록 그 대문만이 새것처럼 보였습니다. 몇 년 뒤 보니 그곳은 우유 보급소로 바뀌어 있었습니다. 밤에도 낮에도 대문이 열려 있고, 널찍한 마당은 자전거와 오토바이, 플라스틱 바구니와 나무 상자 같은 것들로 지저분했습니다. 우유 보급소가 나간 뒤에는 노인 쉼터 비슷한 시설이 들어왔던 걸로 기억합니다. 이후 개나 고양이들을 돌보는 단체가 그 집을 인수했다는 이야기를 전해 들었는데 그 단체가 나간 뒤로는 계속 비어 있는 듯했습니다.

한번은 그 집에서 시커먼 연기가 새어 나오는 바람에 온 동네가 시끄러웠던 적이 있습니다. 알고 보니 딱히 주거지가 없는 남자가 몰래 기거하다가 불을 낸 것이었습니다. 그 집 주변에 몰래 폐가구나 고물을 갖다 버리는 사람들이 생겨난 것도, 그 집에 대한 이런저런 소문이 퍼지기 시작한 것도 그 무렵입니다.

나는 그 집을 까맣게 잊고 지냈습니다.

주해네 집을 오가면서도 그 집이 어떻게 되었는지 가볼 생각은 하지 못했습니다. 그 집으로부터 번져 나왔을 게 틀림없는 을씨년스럽고 칙칙한 기운이 그 일대를 장악하듯 둘러싸고 있었으므로 어느 순간부터는 아예 그쪽으로 발길조차 하지 않게 된 것입니다.

그 집이 조그마한 도서관으로 바뀐 것은 나중에 알았습니다. 그러니까 주해가 떠나고 몇 주가 지난 뒤였습니다.

달산 마을 도서관.

사람들이 떠올릴 만한 큰 도서관은 아니고 시에서 나오는 보조금으로 운영되는 도서관 겸 카페였습니다. 도서관 겸 카페라고는 했지만 나이 많은 동네 사람들이 사랑방처럼 이용한다는 건 곧바로 알 수 있었습니다.

그것이 주해가 끈질기게 시청과 구청에 민원을 넣은 결과라는 건 나중에 알게 된 것입니다.

주해가 오고 나서 바뀐 남일동의 모습은 누구도 한 번도 상상해본 적이 없는 것이라는 생각이 이제는 듭니다. 지금 생각해보면 정말이지 기적에 가까운 일처럼 느껴지기까지 합니다.

추가로 설치된 가로등 덕분에 환해진 골목. 이리저리 방치되어 있던 폐기물과 쓰레기봉투가 말끔하게 정리된 담벼락. 반듯하게 세워진 정류장 팻말과 20분마다 오가는 마을버스. 주말마다 정기적으로 열리는 마녀시장을 보려고 멀리서 찾아오는 사람들까지.

아니, 주해가 몰고 온 변화는 다만 눈에 보이는 그런 것만은 아니었을 겁니다.

이곳이 달라질 거라는 믿음, 바꿀 수 있다는 자신.

주해가 보여준 건 그곳에 사는 사람들이 내내 설마설마했고, 망설이다가 오래전에 포기해버린 그런 마음이었는지도 모릅니다. 그러니까 주해가 일으켜 세운 건 자포자기한 심정으로 잔뜩 웅크리고 있던 사람들의 마음이었는지도 모릅니다.

한번은 그 도서관 앞에서 동네 사람을 만난 적이 있습니다. 수아를 볼 때마다 혀를 차며 딱한 표정을 짓던 여자 노인이었습니다. 노인은 도서관으로 들어가려다 말고 내 얼굴을 힐끗 돌아보았습니다.

아, 생각났다. 그때 왜 그 새댁이랑 같이 다니던 사람 아니요?

내가 이렇다 할 대답을 하지 않았는데 그 사람은 곧장 이렇게 물었습니다.

나 그 새댁 그렇게 안 봤는데 참 무서운 사람이

데. 그쪽도 감쪽같이 몰랐지? 그래서 그 일은 결판났어요? 어떻게 됐대요?

나는 엉뚱한 이야기를 했습니다. 그러니까 이 도서관이 주해의 끈질긴 요청으로 세워졌다는 이야기였습니다. 도서관을 세우고, 마을버스를 들여오고, 마녀시장을 열고, 쓰레기로 몸살을 앓던 골목과 더러운 담벼락을 청소하고, 섬이나 다름없이 고립되어 있던 이곳을 이만큼 바꿔놓은 게 주해라고 말입니다.

누가 그래? 그 새댁이 그래요? 도서관이고 버스고 다 시에서 결정하고 시행하는 일이지. 어디한 사람 힘으로 되는 것인가. 별소리를 다 듣네. 어디 가서 괜히 그런 말 꺼내지 말아요.

동네 사람들은 약속이나 한 듯 떠난 주해 모녀에 대해 냉담하게 굴었습니다. 그런 사람들의 마음을 얻자고 안간힘을 쓰던 주해가 바보처럼 여겨질 정도였습니다. 그렇게까지 하면서 주해가 가지려고 했던 것이 고작 이 동네에 머무르는 것이었다고 생각하면, 남일동에 사는 것이 어떤 것인지, 집이 없다는 불안이 무엇인지 알지 못하는

162

나로선 결코 알 수 없는 주해의 마음을 조금은 알 것 같기도 합니다.

아니, 따져보면 나도 이곳 사람들과 크게 다르지 않을 겁니다. 어쨌거나 나 역시 끝까지 주해를 믿지 못했으니까. 결정적인 순간 나 역시 주해를 외면해버렸으니까 말입니다.

*

그해 겨울은 일찍 시작되었습니다.

추석이 지나고부터 바람이 차가워지더니 10월 하순이 되자 코트를 꺼내 입어야 할 정도로 쌀쌀해졌습니다. 연말이 되고 해가 바뀌도록 나는 남일동에 가지 않았습니다. 알레르기가 올라올 기미가 보이면 약국이 문을 닫을 시간에 가서 보름 치 한 달 치 약을 타 오는 것이 전부였습니다.

그리고 몇 주가 더 지나서인가. 남일동 이주 계획이 발표되었다는 소식을 전해 들은 기억이 납니다.

세상에. 이번엔 진짜 될 모양이네.

어느 저녁 거실에 앉은 어머니의 목소리가 들렸고,

아직 모른다니까. 이주 계획 발표된 게 뭐 한두 번이야. 두고 봐. 저것도 금방 없던 일이 된다니까.

무뚝뚝한 아버지의 목소리가 뒤따라 나왔습니다. 나는 내 방에 앉아 그런가 보다 하는 마음으로 두 분의 이야기를 듣고 있었습니다. 나와 무관한 일이라고 생각했고 남일동이 어떻게 되든 무슨 상관인가 싶었습니다. 두 번 다시는 그곳에 갈 일이 없다고 여겼고 그럴 수 있을 거라 생각했습니다.

그러나 한 달 뒤 나는 집에서 나와 이끌린 듯 남일동 쪽으로 걸었습니다.

내가 말 안 했어? 틀림없이 무산될 거라고 했지.

그러니까 남일동 재개발 계획이 무산되었다는 아버지의 말을 전해 듣고 난 직후였습니다.

어스름이 깔리던 주변은 남일동 초입에 이르러 완전히 어두워졌습니다. 약국 앞에 도착했을 땐 저녁 일곱 시가 조금 넘은 시각이었습니다.

셔터가 반쯤 내려진 약국은 불이 꺼져 있었습니다.

약사님, 계세요? 안에 계세요?

몇 차례 고개를 디밀고 목소리를 높였지만 인기척은 느껴지지 않았습니다. 거기 서서 잠시 약사를 기다렸던 기억이 납니다. 바람이 점점 차가워졌으므로 한기를 물리치려고 주변을 이리저리 걸어 다녔습니다. 그러다 무슨 마음에선지 비탈진 큰길 쪽으로 걷기 시작했습니다.

초저녁인데도 오가는 사람이 거의 없는 남일동의 풍경은 스산하고 적막했습니다. 주해가 떠난 그 집이 떠올랐고 그 순간엔 그 집을 들여다볼 용기가 나는 것도 같았지만 막상 그 골목 앞에 이르자 다시금 자신 없는 마음이 되었습니다.

아니, 또다시 사람들이 몰래 내놓은 쓰레기와 잡동사니들로 지저분해진 담벼락과 골목 입구를 보는 순간, 모든 게 주해가 오기 전으로 되돌아가버린 남일동의 모습을 마주하는 순간, 가슴속에서 말할 수 없는 실망감과 배신감이 치밀었습니다.

이곳은 절대 바뀌지 않는다. 어떻게 해도 달라지지 않는다.

나는 그런 생각을 하며 차가워지는 바람 속을 정신없이 걸었습니다. 달산 바로 아래에서 반짝이는 불빛을 발견하지 못했다면 그대로 달산 꼭대기까지 걸어 올라갔을지도 모릅니다.

나는 불빛이 새어 나오는 곳까지 걸어갔습니다. 그건 버스 종점 한쪽에 누군가 쓰레기를 태운 흔적이었습니다. 녹이 슨 드럼통 안에는 아직 꺼지지 않은 불티들이 타다 만 종이 조각들 속에 박혀 있었습니다. 나는 드럼통을 발로 퉁퉁 차며 불씨를 살리기 시작했습니다. 다른 것들의 형체를 빨아들이며 빨갛게 번지는 불꽃을 보고 있는 동안에는 숨이 차도록 걷지 않고는 견딜 수 없던 답답함 같은 것들이 조금은 가시는 것도 같았습니다.

불은 금방 되살아났습니다.

나는 태울 만한 것들을 찾기 시작했습니다. 누군가 오래전에 무단으로 투기한 게 분명한 쓰레기들을 찾는 건 어렵지 않았습니다. 뭔가를 던져

넣고 또 더 던져 넣을 때마다 불은 점점 더 살아
났고 둥근 드럼통을 통째로 삼킬 듯 무서운 기세
로 타올랐습니다.

얼굴이 뜨거워지고 몸이 달아올랐습니다. 그런
데도 나는 불길에 사로잡힌 사람처럼 꼼짝도 할
수 없었습니다.

불길은 몸부림치듯 높이 더 높이 솟구쳤습니
다. 나는 점점 커지고 더 커지는 불을 가만히 올
려다 보았습니다. 그 순간에는 어둠을 이기며 몸
집을 부풀리는 그 불이 조금도 두렵지 않았습니
다.

아니, 차라리 그 불이 여기 이 남일동 전체를
휩쓸어버리면 좋겠다고 생각하고 있었습니다. 점
점 커지고 더 커지고 누구도 손쓸 수 없을 정도로
어마어마해져서 저 남일동을 모두 집어삼켰으면
좋겠다고 생각하고 있었습니다.

그러니까 그렇게 하지 않고서는 이 무시무시한
남일동을 무너뜨릴 수 있는 방법이 더는 없다는
생각을 나는 했던 것입니다.

누군가는 부모덕에 남일동을 일찌감치 벗어난

내가 주제 넘는 짓을 벌인 거라고 생각할지도 모릅니다. 내 감정이 무엇이든 그건 남일동에 살지 않는 사람이 가질 법한 마음이고, 결국엔 흔한 동정심이나 위선에 불과하다고 폄하할 수도 있을 겁니다.

그러나 그 밤 나는 정말 없애고 싶었습니다.

한 사람 안에 한번 똬리를 틀면 이쪽과 저쪽, 안과 밖의 경계를 세우고, 악착같이 그 경계를 넘어서게 만들던 불안을. 못 본 척하고, 물러서게 하고, 어쩔 수 없다고 여기게 하는 두려움을. 오래전 남일동이 내 부모의 가슴속에 드리우고 나에게까지 이어져왔던 그 깊고 어두운 그늘을 정말이지 지워버리고 싶었던 것입니다.

*

그 불이 주차된 마을버스 한 대를 태우고 기사들이 휴게실로 쓰던 컨테이너까지 번졌다는 이야기를 나는 아버지에게 전해 들었습니다. 그날 컨테이너에 아무도 없었던 게 정말 다행이었다는 것도 나중에 알게 되었습니다.

무슨 생각으로 그런 짓을 한 거야. 넌 도대체 정신이 있는 거냐, 없는 거냐.

경찰서에 가서 조사를 받고 온 날에 아버지는 그렇게 소리쳤습니다.

애가 그 동네는 왜 간 거야? 거기서 뭘 하고 있었던 거야? 응?

이성을 잃은 사람처럼 고함치는 아버지를 진정시키고 내 방으로 들어온 어머니는 목소리를 낮추고 그렇게 물었습니다. 나는 입을 다물고 있었습니다. 입을 열면 무슨 말이 어떤 식으로 얼마나 나올지 알 수 없었고 그런 걸 감당할 기운도 남아 있지 않았습니다.

어머니는 작정한 듯 입을 다물고 있는 나를 한참 바라보다가 이렇게 말했습니다.

그러게. 내가 남일동에 가지 말라고 했잖니. 그 동네는 사람을 미치게 만든다. 남일동은 사람을 미치게 만드는 동네야.

그 일은 단순 실화失火로 처리되었고 150만 원의 벌금을 내고 일단락되었습니다. 재개발을 반

대하는 주민이 저지른 일로 오해하는 사람들도 있었지만 한두 달이 지나고 나자 모두가 그 일을 잊은 듯했습니다.

그해 여름이 지나고 나는 새로운 직장에 들어갔습니다. 직원이 다섯 명뿐인 작은 여행사였고 월급이 터무니없이 적었지만 각자의 일이 완벽하게 독립되어 있어 함께 일하는 사람들에게 더는 신경을 쓰지 않아도 되었습니다.

중단되었던 남일동 재개발 계획은 재개되었다가 무산되고, 다시 재개되는 듯하다가 다시 무산되고를 반복했습니다. 나는 더는 그 일에 마음을 쓰지 않는 척했습니다. 아니, 남일동에 관해서라면 눈을 감고 귀를 닫은 사람처럼 굴고 있었지만 실은 내내 거기에 온 신경을 쏟고 있었습니다. 남일동 이야기가 나오면 온몸에 불이 켜지고 부릅뜬 눈으로 그곳을 주시하는 심정이 되어버리는 것을 나조차도 어떻게 할 수가 없기 때문입니다.

한 번씩 그 밤에 드럼통 바깥으로 넘쳐흐를 듯 넘실거리던 불꽃을 떠올리면 남일동이 허물어지는 것을 기필코 봐야겠다는 오기가 살아나고 그 마음이 점점 번지고 커지는 것을 감당할 수가 없게 되어버립니다.

그리고 오늘 정오에 남일동의 남은 주택들이 철거됩니다.

이제 남은 건 달산 아래 가옥들이고 거기 남은 집들은 포클레인이 집게발로 몇 번 건드리면 5분도 버티지 못하고 허물어질 낡은 집들입니다. 서너 시간으로 예정된 철거 작업은 그보다 훨씬 일찍 끝이 날 수도 있을 겁니다. 그러면 폐기물이 되어버린 집들의 잔해를 처리하는 작업이 더 빨리 시작될 수도 있을 겁니다.

오전 열한 시가 조금 넘은 시각 집을 나선 나는 달산이 바로 보이는 곳에 자리를 잡고 섰습니다.

이곳에서는 가파른 큰길을 따라 남일동의 풍경이 한눈에 올려다보입니다. 내가 수없이 오갔던 그 비탈진 큰길 양옆엔 이젠 아무것도 남아 있지 않습니다. 고만고만한 크기의 집들도, 그 집들이 지키던 골목도, 골목마다 새겨진 세월의 흔적도. 나무와 전봇대, 가로등과 간판 같은 것들까지도 모두 부서진 지 오래입니다.

어쩌면 날씨와 시간, 소리와 냄새, 햇빛과 그늘 같은 손에 잡히지 않는 것들마저 저 시멘트 조각 속에 파묻혀버렸는지도 모릅니다.

바람이 불면 폐허가 된 남일동에서 잿빛 먼지가 연기처럼 피어오릅니다.

저 멀리 누군가가 소리치는 게 들립니다. 흩어져 있던 작업자들이 현장으로 모여듭니다. 손을 들어 한 방향을 가리키고 목소리를 높여 뭔가를 지시하는 모습이 이곳에서도 분명하게 보입니다. 그리고 멀리 무너진 집들의 잔해를 밟으며 포클레인 두 대가 달산을 향해 오르기 시작합니다. 경사가 심한 탓에 집게발로 땅을 짚고 천천히 이동하는 포클레인의 모습은 얼마간 위태롭고 아슬아슬해 보입니다.

저러다 미끄러지는 거 아니에요? 보는 내가 겁이 나서 죽겠네.

어디 한두 번 해봤겠어요. 전문가들인데 빤하지 뭐.

돌아볼 때마다 사람들은 조금씩 늘어나서 이제 보니 주변에 모여 선 사람들이 열댓은 넘는 것 같습니다. 어쩌면 내가 언젠가 한 번은 마주친 사람들인지도 모르지요. 나는 옷깃을 여미고 달산을 향해 똑바로 서 있습니다.

달산을 향해 오르는 포클레인은 조그마하고 포클레인과 점점 가까워지는 가옥은 그보다 훨씬 더 작아 보입니다. 이윽고 멀리 가느다란 물줄기 두 개가 솟구쳐 오릅니다. 물줄기 너머로 집게발을 치켜드는 포클레인의 모습이 보입니다.

그 순간 나는 발끝을 세우고 두 눈을 크게 부릅뜹니다.

혐오 경제의 가계도와 재개발의 감정학

김건형

1

'나'는 남일동에서 태어나 자랐다. 남일동을 생각하면 등굣길에 친구들과 빵을 나눠 먹던 추억부터 떠오른다. 어머니는 그 친구들의 빵을 먹지 말라고 야단치곤 했다. 지금 돌이켜 보면 친구들의 사정을 헤아리라는 배려라기보다 더 복잡한 마음이었다. 돈 못 버는 남편 때문에 억지로 생계노동을 해야 해서 속이 상해 죽겠고, 자신이 돌봄을 전담하지 못해 길바닥에서 노는 딸 때문에 속상하다고 어머니는 불만을 토로했다. 그 분노와

짜증은 불안의 증상이다. 가부장의 안정적인 가족 임금과 돌봄에 전념하는 모성으로 구성된 중산계급 가족에 대한 자기 동일시가 엄마에겐 몹시 갈급하지만, 그 허상에서 (당연히) 미끄러져 남일동으로 떨어질 뿐이다. 자신의 이탈을 확증해주는 "남일동이 그 시절 어머니에게 두려움이었다"(24쪽). 이 공포에 대처하기 위해서 어머니는 세계를 나눈다. "홍아, 너는 이 동네 애들과 달라. 가게 하는 부모들이야 가게 문 닫을 때까지 애들을 길에서 놀게 내버려둔다지만"(23쪽) 우리 아이는 그와 달리 일찍 귀가해 숙제를 열심히 하고 노력하면 이곳을 벗어날 것이라는 믿음. "쟤들은 가겟집 애들"(17쪽)이라는 분할을 통해 어머니는 자신을 확인하고자 한다. 한국 사회는 자신의 불안을 자식에게 투사함으로써 해소하는 특정한 방식을 고안해왔다. "내가 이 동네 아이들과 비슷하게 자라게 될지도 모른다는 불안"은 자녀의 세계를 분할하고 제한하지만, 동시에 "나에 대한 걱정이나 사랑처럼 느껴"(23쪽)지기도 한다. 그 슬픔은 '나'의 죄책감을 유발하면서 전승된다. "부

모의 감정이란 언제나 더 부풀려지고 또렷해져서
아이들에게 가닿는 법"(24쪽)이므로. 소설은 '맹
모삼천孟母三遷'으로 예찬되곤 하는 희생적 사랑의
형태가 실은 정확하게 계급적 불안에 의해 생겨
나고 분할을 재생산하면서 계승된다는 점을 짚는
다. 사랑하는 이들을 되짚는 이 가족사로부터 한
국 사회를 이루는 마음의 축조 원리가 드러난다.

2

　처음 남일동이 반으로 쪼개져 중앙동으로 편입
된 것은 행정적 조치에 불과했다. 그저 우연한 사
건이었지만 아버지는 그 분할에 힘입어 자신의
역사를 다시 쓰기 시작한다. 은행 빚을 내고 경매
에 뛰어들어 중앙동에 집을 사서 남일동에서 벗
어난 것이 일생에서 가장 잘한 일이며, 그건 평생
의 기회를 붙잡은 자신의 과감한 각오 덕이었다
고. 이는 남일동이라는 행정구역에 본질적인 속
성을 부여하는 것이기도 하다. "감당도 못 할 일

을 벌이고, 남의 돈을 제때 갚지 않고, 그래서 집이 넘어가는 것을 가만히 두고 보고만 있는 무책임하고 한심한 사람들"(84쪽)과 자신을 구분하는 순간 남일동에 대한 혐오가 생겨난다. 그런데 실은 아버지 역시 홀로 감당하지 못해 은행 빚을 얻은 데다, 두려움으로 벌벌 떨며 금액을 써낸 끝에 운 좋게 낙찰받은 것이지, 별달리 유능한 능력에 힘입은 것도 아니었다. 아버지는 우연히 만난 이웃의 도움 덕분에 겨우 경매에 성공했음에도, 자신이 기회를 포착해낸 생산적 주체였다고 자부한다. 중앙동으로의 행정적 개편이 없었다면 평생 남일동을 벗어날 수 없었을 텐데도, 자신의 노력을 통해 계급적 분할을 넘었다는 자의식이 사후적으로 생성된다. 아버지는 그 믿음을 반복 실천함으로써 내면화한다. '남일도'와 연루된 과거는 언급조차 하지 말라고, 우리는 본래부터 중앙동 사람이라 전혀 다르다고 화를 내곤 한다. 우연적 분할을 가능한 한 보지 않고 본질적 차이로 전환하고자 필사적으로 노력하는 것이다. 달산 산사태 이후 스스로 해결책을 찾지 않고, 보기 싫은 천막을 쳐서 공동체에 피해를 주는 뻔뻔한 재해민들을 향한 어머니의 말은 한국 사회에서 재난의 국면마다 얼마나 자주 반복되어 왔던가. 우발적인 재난은 저들의 속성으로, 우연한 행운은 자신의 노력으로 전환하면서 평범한 '시민'이 생겨난다. 누군가 반드시 탈락하도록 설정된 분할의 구조에 따른 결과를 원인으로 환원하면서 이 혐오 경제가 작동한다. 그러기 위해서는 함께 살아가는 옆 사람의 구체적인 역사를 외면해야만 한다. 그것을 일깨우는 이웃의 지적에 어머니는 밤새 체기를 느끼고 앓는다. 받아 마땅한 게으름/유능함의 결과가 아닐지도 모른다는 어렴풋한 자각은 치명적이기 때문이다. "누군가의 슬픔과 불행을 목격하는 대가로 싼 집을 구입할 때 각오해야 하는 것"(81쪽)은 이것이다.

그럼에도 한국의 부모들이 "그토록 집을 가지고 지키는 데에 혈안이 되어 있"(120쪽)는 것은, 다른 영역의 불평등과 달리 적어도 부동산만은 '존버'하면 누구에게나 기회가 온다는 믿음 때문이다. 특히 '집'은 이 '노력 서사'가 '가족 서사'와

더없이 강력하게 결합시키는 촉매다. 우리 가족의 "삶이 지금보다 나아질 수 있다는 믿음. 틀림없이 그렇게 될 거라는 확신"(72쪽)을 가질 수 있는 거의 유일한 방안인 것이다. 그러니 우리 가족의 생존과 아이의 미래를 위해, '남일동'들은 반드시 그 분할선 저편에 남아야 한다. 이 황폐한 세계에서 우리 가족만은 분할선 너머로 '편입'될 자격이 있다는 굳은 믿음이 이렇게 장려되고 유통된다. 재개발은 계급적 분할을 공간 위에 직접 구현하여 혐오를 창출한 뒤에, 그 혐오의 대상을 제거함으로써 자신을 증식하는 구조다. 그 공간적 구획에 의해 사람들은 정주할 권리를 두고 경쟁하며 자신과 타인들을 구분하려 한다. 그렇게 혐오는 바람직한 시민을 만들고 그에 미달하는 자들의 법적 시민권을 박탈하는 권력이 된다. 혐오라는 감정을 물질화하여 거래함으로써 자신을 확장하는 이 혐오 경제는 가족의 생존과 자녀의 미래를 담보로 잡고 있기에 누구도 쉽게 뿌리치기 어렵다.

그런 부모의 마음은 고스란히 '나'에게 전해진

다. 부모의 희생을 연민하면서도 그들의 분할에 이물감을 느낀다. 이 양가적인 마음으로 인해 '나'는 알레르기를 앓는다. 병원에서도 고칠 수 없는 알레르기는 남일동 제일약국에서만 유일하게 편안해진다. 그것은 신체적 증상이라기보다, 분할선을 마주할 때 생겨나는 마음의 증상에 가깝다. 처음 알레르기를 자각한 것도 직장 내 따돌림에 맞섰던 때였다. 박희수 씨가 혐오의 대상으로 전락한 것은 느릿느릿한 '속성'과 무능한 업무 '능력' 탓이라 마땅한 처분인 것처럼 보이지만, '나'는 더 핵심적인 혐오의 물리법칙을 찾아낸다. 작은 여행사에서 큰 여행사로 온 것이 아니라 그 반대의 경우였다고 해도 그렇게 가혹하게 대할 수 있었을까. 이는 오래전부터 체감해온 법칙이다. "내가 남일동에서 중앙동으로 온 것이 아니고, 중앙동에서 남일동으로 온 경우였다고 해도 그 애들이 그럴 수 있었을까요."(100쪽) 남일동에서 중앙동으로 전학 가는 것만으로 '남토(남일동 토박이)'라는 멸칭을 들었어야 했다. 그 혐오의 방향성은 분할의 운동에서 오는 반작용이다. 상승을 위한 운동은 필연적으로 누군가를 분할선 아래로 밀어낸다. 그것은 연쇄적 운동이어서 '나'의 이동은 중앙동 아이들이 갖고 있던 위계를 위협하는 일이다. 자신의 위치를 지키기 위한 혐오는 당연한 반응처럼 보인다. 부모님은 그것을 '나'에게 가르치고 싶어 한다. 어쩔 수 없는 세계의 원리를 무시해서 "사람들을 불편하게 만든 당신들의 자식이 사람들 눈 밖에 나는 건 당연하다"(40쪽)고. 그 당연한 인과율을 제대로 가르치지 못한 자신들이 오히려 정말 나쁜 사람이라고. 부모님이 가르치는 강력한 현실원칙 앞에서 '나'는 계속해서 자신을 의심한다. 자신의 학창 시절과 달리 수아에겐 꼬리표가 붙지 않도록 "남일동과는 아무런 상관 없는 학교에 진학했으면 하는 마음이 내 안에도 있"음을 자각하게 될 때까지. "내 부모를 비롯한 중앙동 사람들이 비밀스럽게 공유하는 그런 마음이 내게도 분명"(111쪽) 존재하는 것을 볼 때까지. 외부의 침입을 방어하기 위한 면역반응이 과도하게 작동하면서 자신까지 공격하는 증상이 알레르기라는 점을 상기한다면, '나'는 부모님에게 물려받은 분할의 원리가 자신의 내면에도 침전된 것을 견디지 못하고 알레르기를 앓아온 셈이다.

3

"어쨌든 한번 정해진 것들은 쉽게 바뀌지 않"(54쪽)는 세계의 법칙을 알기에 이러지도 저러지도 못할 때 주해가 왔다. 수아를 통해 전해 받은 주해의 세심한 배려 덕분에 알레르기에 대해 처음으로 털어놓을 수 있다. 주해는 나쁜 건 나쁘다고 시원하게 말하는 사람이다. 번민하기보다는 행동하고, 주어진 조건에 책임을 다하는 주해만의 추진력은 지금껏 "내가 가져본 적이 없는 것"(45쪽)이다. 주해는 '나'에게 분할을 대하는 다른 힘을 보여준다. 주해는 남일동으로 이사 오자마자 자신의 주변 세계를 바꿔낸다. 골목의 쓰레기를 방관하지 않고 손수 치우고 어두운 골목길에 가로등을 들여온다. 방치되고 버려졌던 골목에 빛을 들여오려는 주해의 노력이 조금씩 성과를 내자, 남일동 사람들의 닫혔던 마음도 점차 열려간다. 다만 공간의 변화에 그치지 않고 "이곳이 달라질 거라는 믿음, 바꿀 수 있다는 자신"(161쪽)까지 만들어낸 것이다. '편입'에 대한 믿음이 아닌 '변화'에 대한 믿음은, 남일동 사람들이 스스로를 다르게 대하도록 만드는 것처럼, 즉 다른 주체가 되는 방법처럼 보인다.

그런데도 남일동 사람들의 반응은 어째 좀 이상하다. 원래 "남일동을 생각하면 애잔하고 안쓰러운 마음을 지울 수가 없"었다. "그곳은 한 번도 제대로 빛난 적이 없"도록 "방치되었다는 생각"(51쪽) 때문이다. 그런 남일동에 빛을 들여오기 위해 자신을 희생해가며 돕는 주해의 노력에도 불구하고, 남일동 사람들은 불신의 눈빛을 던질 뿐이다. 도움을 받아들일 줄 모르고 도리어 "무례와 몰상식이 몸에 밴 인간들"에게 '나'는 몹시 화가 난다. "그러니까 외지 사람들이 남일도, 남일도 할 때 그 남일도의 진짜 모습을 마주한 기분"(56쪽)이 든다. 낙인찍힌 남일동을 돕고자 하는 선의가, 은혜에 감사할 줄 모르는 남일동에 대한 (재)낙인으로 이어지는 것이다. 그런 '나'에게 주해는 종종 되묻는다. 그 호의적 연민과 정의로운 분노가 실은 중앙동에 살면서 남일동을 바라보는 위계에서 오는 것은 아니냐고. 주해는 분할선을 사이에 두고 공정히 주고받는 감정 경제보다는 그 분할이 만드는 마음의 패턴과 관성 자체를 보려 한다. "다들 여유가 없어서 그래요. 여유가 없으면 뭐든 겁부터 나잖아요."(60쪽) 저편을 향한 일방적인 선의가 아니라 지금 여기, 자신이 속한 주변 세계를 이해하고 바꾸는 행동이 주해의 방법이다. "자포자기한 심정으로 잔뜩 웅크리고 있던 사람들의 마음"(161쪽)을 일으켜 세우는 잠재적 가능성은 주해 자신을 위한 것이기도 하다.

'나'에게 거듭 부탁하듯 돌봄을 분담하고, 생계 노동을 가까운 테두리 안에서 병행할 수 있는 마을 공동체라는 조건은 주해에게 중요하다. 특히 '정상 가족'에서 이탈했다는 편견과 배제가 담긴 수군거림은 구체적인 위력을 가지고 주해와 수아를 위협해온다. 거듭되는 모욕적인 반응에도 주해는 웃으며 남일동을 활기차게 바꾸고 사람들의 마음을 얻으려 한다. 그런 주해의 친절한 웃음에는 어딘지 섬뜩한 데가 있다. "난 여기서 오래 살고 싶어요. 여기 아니면 갈 데도 없어요. 알잖아요. 내가 이러는 거 다른 사람들 좋으라고 하는 게 아니에요. 내가 필요해서 하는 일이에요. 내가 원해서 하는 일이라고요."(95쪽) 사회적 지원 없이 홀로 딸을 키워야 하는 한부모 여성 청년에게 공동체의 포함/배제라는 분할은 절박한 문제였던 것이다.

수아에게 더 나은 세계를 주고 싶기에 그것은 더욱 절실한 문제다. 다른 동네 아이들을 받지 않는다지만 실은 '남일동'을 골라내는 초등학교 배정이, 앞으로 수아가 견뎌야 할 많은 분할선의 첫 번째 진입 장벽이다. 그래서 주해는 처음으로 분노한다. 학부모들과 동네의 '분위기'를 운운하는 교무부장에게 주해는 "저희가 남일동이 아니라 중앙동에 살았어도 이렇게 말씀하셨을까요?"(115쪽)라고 묻는다. 그간 '나'가 품어온 것과 같은 질문이다. 남일동에 산다는 이유로 벌써부터 아이의 공간과 시간을 제약하는 분할을 넘어서 수아에게 어떻게 미래를 줄 수 있을까. 수아를 향한 분할 앞에서 주해는 무엇을 해야 할까.

학부모가 된 주해는 남일동에 재개발추진위원회가 들어선다는 소식에 기뻐하며 달려온다. "수아 중학교 가기 전에 여기 아파트 들어오면 거기서 수아랑 엄마랑 살 수 있"(124쪽)을 단 한 번의 '기회'처럼 들린 것이다. 분할에 쫓겨 다니지 않고 가족과 행복하게 살 수 있다는 주해의 기대를 듣자마자 "그 순간 나는 남일동이 내 부모의 마음 깊숙이 드리웠던 감정을 떠올렸"(125쪽)다. 수아가 과거의 '나'처럼 학교에서 '남민(남일도에 사는 난민)'이라는 멸칭을 들었는데도, 주해는 속히 남일동이 재개발되어 아파트로 이사하는 것 말곤 다른 방법은 없다고 말한다. '나'의 부모가 그랬듯이 분할 저편으로 편입되기만 하면 아이의 세계도 달라질 것임을 믿기로 한 것이다. 그 익숙한 사랑의 논리 앞에서 '나'는 누구에게나 결합해오는 분할의 친화력을 절감하고 만다. 주해마저 재개발의 논리에 침윤되고 만 것이다. 그것이 "끄떡도 하지 않고 지금껏 그대로인 남일동의 진짜 얼굴"(125쪽)이다. "여기 사는 한 그런 마음에서 결코 벗어날 수 없다는 것을. 그런 것들은 저절로 사라지지 않고, 끝없이 누군가에게 옮아가고 번지며, 마침내 세대를 건너 대물림되고 또 대물림될 거라는 것"(126쪽)은 무시무시하다. 그래서 수아가 재개발 이후 남일동 아파트에 입주하는 자기 가족을 그리며 그 꿈을 계승해가는 장면은 아득하다. 한국 사회 특유의 재개발이 만들어내는 감정 경제가 이렇게 반복 재생산되는 것이다. 애초부터 우연에 의한 분할에 기대려는 주해의 희망은 연약하고 위태롭다. 우연한 실수 혹은 불운한 사고는 다시 돌아와 주해를 무너뜨리고 만다. 이제 주해는 자신이 연루된 사태에 대한 책임이나 개입보다 재개발(추진위)로부터의 배제를 먼저 걱정한다. 주해마저 집어삼킨 재개발의 강력한 인력 앞에서 '나'의 알레르기가 다시 도져버린다.

4

결국 주해도, 주해가 일궈낸 변화와 희망도 순식간에 사라진다. 골목길에 다시 쓰레기가 버려진 풍경은, 버려진 남일동이 절대 바뀌지 않을 것이라는 깊은 실망감을 준다. 견딜 수 없는 답답함을 안고 남일동을 내려다보며 이 무시무시한 위력을 무너뜨리고 싶다는 생각에 사로잡힌다. 지금의 남일동을 태워버리고 싶다는 뜨거운 분노는 남일동을 지배하는 원리에 지지 않겠다는 불복종이다.

　그 밤 나는 정말 없애고 싶었습니다.

　한 사람 안에 한번 똬리를 틀면 이쪽과 저쪽, 안과 밖의 경계를 세우고, 악착같이 그 경계를 넘게 만들던 불안을. 못 본 척하고, 물러서게 하고, 어쩔 수 없다고 여기게 하는 두려움을. 오래전 남일동이 내 부모의 가슴속에 드리우고 나에게까지 이어져왔던 그 깊고 어두운 그늘을 정말이지 지워버리고 싶었던 것입니다. (168쪽)

공동체에 우연히 생긴 경계는 서로를 경쟁시켜 바람직한 시민/주체를 생산했다. 그 분할을 자신의 본질로 설명하려는 자기 서사로부터 혐오하는 마음이 생겨난다. 자신의 노력에 대한 자부심은 분할 저편에 대한 낙인과 배제에 의해서만 가능하기 때문이다. 저쪽으로 넘어가야 한다는 불안과 이편으로 떨어진다는 두려움이 가족의 사랑을 타고 대대로 전해져왔다.

그런 마음을 만들어왔던 "남일동이 허물어지는 것을 기필코 봐야겠다는 오기"(171쪽)가 이 소설을 집약한다. 그간 가림막으로 가려온 한국 사회의 중핵, 재개발을 또렷이 겨누어보기 위해 "나는 발끝을 세우고 두 눈을 크게 부릅"(173쪽)뜨고 선다. 선득한 마음을 안고서도 발길을 돌리지 못하고 오래 맴돈다. 그러자 비로소 먼지구름 사이로 "지금껏 단 한 번도 마주한 적 없는 남일동의 풍경"(15쪽)을 볼 수 있다. 그래서 소설은 "안타까움과 미안함" 같은 공동체에 대한 낭만적 향수로도, "후회와 죄책감"(11쪽) 같은 윤리적 성찰로도 비약하지 않는다. "오히려 그곳에 서 있는 동안 내가 느낀 건 그런 실감"(12쪽)이다. 지금 내가 서 있는 곳에서 일어나는 일을, 재개발이 만들어내는 마음들을, 그것에 휘둘리며 자라온 '나'의 내력까지 냉철하게 정면으로 보는 실감을 갖고자한다. 자기 응시를 통해 혐오를 비추는 불빛. 그 빛이 영웅 없는 이 소설의 패배가 만들어내는 뜨거운 눈빛이다.

작가의 말

　오래전 부모님이 처음 샀던 집의 주소를 나는 지금도 기억하고 있다.

　그 집의 구조도, 그 동네의 풍경도, 사람들의 모습도 신기할 정도로 또렷하다. 당시 내 나이가 대여섯 살 정도였으니까. 그 후 여러 차례 이사를 했고, 이사한 후에는 이전 집 주소를 까맣게 잊어버리면서도 왜 그 집 주소만은 이토록 잊히지가 않는 것인지에 대해 생각한 적이 있다.

　한번쯤 그 동네에 들러볼 수 있지 않을까 싶은데도 한 번도 그러지 못했다. 그곳이 여전히 그대로인 것도, 어떤 식으로든 바뀌고 변한 것도, 아직은 보고 싶지가 않은 탓이다.

어쩌면 이 소설은 나조차도 알 수 없는 그런 마음들에 대한 답을 찾으려는 노력이었는지도 모르겠다.

원고를 세심하게 살펴봐주신 윤희영 선생님, 해설을 써주신 김건형 선생님에게 고맙다는 인사를 전한다. 책을 출간해주신 현대문학에도 깊이 감사드린다.

불과 나의 자서전

지은이 김혜진
펴낸이 김영정

초판 1쇄 펴낸날 2020년 3월 25일

펴낸곳 (주)현대문학
등록번호 제1-452호
주소 06532 서울시 서초구 신반포로 321(잠원동, 미래엔)
전화 02-2017-0280
팩스 02-516-5433
홈페이지 www.hdmh.co.kr

ISBN 978-89-7275-165-6 04810
     978-89-7275-889-1 (세트)

• 책값은 뒤표지에 있습니다.
• 이 도서의 국립중앙도서관 출판예정도서목록(CIP)은 서지정보유통지
  원시스템 홈페이지(http://seoji.nl.go.kr)와 국가자료공동목록시스템
  (http://kolis-net.nl.go.kr)에서 이용하실 수 있습니다.
  (CIP제어번호: CIP2020010678)